Een liefde in Parijs is een schijnbaar achteloos geschreven roman over een kunstenaar die terugkijkt op zijn leven.

Richard Sanders is vanwege een vertaling van een van zijn boeken sinds jaren weer eens in Parijs, de stad waar hij als jongeman een tijdlang woonde. Tijdens een wandeling heeft hij een korte ontmoeting met een elegante vrouw. Wie is zij, en belangrijker: waarom herkent hij haar niet en zij hem wel?

'Op een vanzelfsprekende manier, zo voortreffelijk onnadrukkelijk als alleen Campert dat kan, glijden we allerlei stadia van Sanders' leven in en uit.' – *de Volkskrant*

'Zijn stijl is altijd rustig flanerend en sober, en het grootse en meeslepende leven wordt in zijn boeken hoogstens op subtiele wijze geïroniseerd.' – *De Morgen*

'Als prozaïst is Campert een scherpslijper: ieder woord is gewikt en gewogen, en iedere zin is er één. *Een liefde in Parijs* is een mooi, weemoedig document.' – *De Groene Amsterdammer*

'Een uitzonderlijk terughoudende en daardoor emotionerende roman.' – *Vrij Nederland*

REMCO CAMPERT

Alle dagen feest
Als in een droom
Beschreven blad
Campert Compleet (in cassette)
De Harm en Miepje Kurk Story
De jongen met het mes
Dichter
Een ellendige nietsnut
Een mooie jonge vriendin en andere belevenissen
Fabeltjes vertellen
Gouden dagen
Het gangstermeisje
Het leven is vurrukkulluk
Hoe ik mijn verjaardag vierde
Liefdes schijnbewegingen
Na de troonrede
Nacht op de kale dwerg
Ohi, hoho, bang, bang of het lied van de vrijheid
Oom Boos-Kusje en de kinderen
Somberman's actie
Tjeempie! of Liesje in Luiletterland
Tot zoens
Wie doet de koningin

DE BEZIGE BIJ

Remco Campert

Een liefde in Parijs

ROMAN

2005

DE BEZIGE BIJ

AMSTERDAM

De auteur ontving voor *Een liefde in Parijs* een stipendium van Schrijversvereniging De Bezige Bij

Eerste druk januari 2004
Tweede druk februari 2004
Derde druk februari 2004
Vierde druk maart 2004
Vijfde druk maart 2004
Zesde druk (opgenomen in *De romans en novellen*) juli 2004
Zevende druk juli 2004
Achtste druk september 2004
Negende druk juni 2005
Omslagontwerp Studio Jan de Boer
Foto auteur © Anthon Beeke
Vormgeving binnenwerk Peter Verwey, Heemstede
Druk Hooiberg, Epe
ISBN 90 234 1788 7
NUR 301

1

De schrijver Richard Sanders stond voor de ingang van een hotel op de Place du Panthéon. Over het ruime plein, beheerst door het monumentale gebouw waar de as van de grote Fransen rustte, blies een gure maartse wind.

Hij was nog maar net in Parijs aangekomen. De hem toebedeelde kamer keek niet uit op het plein, maar op een donkere cour. In de lucht erboven dreven grijze wolken voorbij. Hij pakte snel zijn koffer uit, verliet de kamer weer, bestelde een taxi aan de balie en ging naar buiten om op de taxi te wachten. De ochtend was bijna voorbij. Echt licht zou het vandaag niet meer worden.

Toen liep ze langs hem, een goed geklede, elegante vrouw, zoals je ze in Parijs meer zag dan in zijn woonstad Amsterdam. Hij monsterde haar vluchtig. Achter in de veertig, misschien vijftig, in ieder geval jonger dan hij, schatte hij automatisch. Kort zwart haar, mooi bleek gezicht met een kleine aantrekkelijke mond. In het voorbijgaan keek ze ook even naar hem. Op haar gezicht verscheen een ongelovige glimlach, ze hield haar pas in en zei: 'Rik?'

Ze noemde hem bij de afkorting van zijn naam, die hij vroeger gebruikte in een periode van zijn leven dat hij

Richard te plechtig vond, te bezadigd, niet rijmend met de vitaliteit die hij in zich voelde. Nooit zou hij een Richard willen worden, een volwassen man die zich verzoend had met de maatschappij.

Hij trachtte de vrouw, die hem nu afwachtend aankeek, te herkennen. Vele situaties waar haar gezicht bij zou kunnen horen, kamers, straten, passeerden snel de revue, maar ze paste er niet in.

'Je weet niet wie ik ben, hè?' zei ze.

Haar stem klonk niet verwijtend of tekortgedaan. Ze stelde een vraag die tegelijkertijd een vaststelling was.

'Het is vreselijk,' zei Richard gegeneerd. 'Mijn geheugen...'

'Het is lang geleden,' zei ze troostend toen ze zijn gepijnigde blik zag. Maar hém had ze wel herkend.

Bood haar stem uitkomst? Die klonk hesig en hij had een zwak voor hese stemmen. Ze had een heel licht accent (Frans?), maar dat bracht hem niet dichter bij huis.

Wel zag hij beelden voor zich die op het eerste gezicht niets te maken hadden met haar of met hem zoals ze daar nu stonden in het nog grauwer wordende licht op de Place du Panthéon.

Hij zag een kanaal in een vlak Hollands landschap, wolken spiegelden zich in het water, heel in de verte een spoorbrug. Had hij dit ooit in werkelijkheid gezien? Of herinnerde hij zich ook dit niet meer en had hij wel degelijk op een winderige dag met flarden zonlicht aan de oever van dit kanaal gestaan?

Vaak drongen zich aan Richard beelden op die uit een andere werkelijkheid leken te komen. Ze dienden zich ongevraagd aan. Het was alsof er diep in zijn onderbewustzijn een voortdurende voorstelling plaatsvond waarvan hij op ogenblikken die hij niet voor het kiezen had een glimp mocht zien.

De meeste beelden verdwenen weer even snel als ze opgekomen waren. Een enkele keer bleef er een hardnekkig hangen, alsof het hem iets duidelijk wilde maken. Dat leverde soms een element voor een gedicht of een verhaal op.

'Maar u herinnert zich mij wel,' zei Richard, terug in de dagelijkse werkelijkheid.

'Ik heb waarschijnlijk niet veel indruk gemaakt,' zei ze plagerig.

'Nee, nee, het is mijn geheugen. Ik vergeet zelfs de verjaardag van mijn vrouw. Onvergeeflijk. Zeg alstublieft uw naam.'

Stamelende idioot! Waarom zei hij dat van zijn vrouw? Uit zelfbescherming?

'Als je geen u meer tegen me zegt.'

'Neem me niet kwalijk.'

'Sacha Lefort. Maar toen we elkaar kenden heette ik nog Sacha van Munster. Dat roept ook niets bij je op, zie ik.'

'Woon je in Parijs?'

'Al jaren. Maar daar ken je me niet van.'

'Help me.'

'Heeft dat zin?'

Ondanks de luchtige toon van hun gesprek, had hij het gevoel bezig te zijn met zware onderhandelingen.

'Je kunt me zo niet achterlaten. Ik zal aan niets anders denken.'

'Dat idee bevalt me wel.'

Uit de rue Soufflot kwam een taxi aangereden die voor het hotel stopte.

'Mijn taxi,' zei Richard.

'Ik zal je niet langer ophouden.'

'Wacht even, alsjeblieft,' smeekte Richard. Hij ging naar de taxi en vroeg om een paar momenten geduld.

Sacha Lefort was langzaam doorgelopen. Op een drafje haalde Richard haar in.

'Sacha...'

'We hebben elkaar op straat ontmoet. Net als nu eigenlijk.'

'Liep ik toen ook achter je aan?'

Ze glimlachte en schudde haar hoofd.

'Ik ben te oud voor raadsels. Waar was het?'

Uit de donkere lucht sloeg plotseling een mengsel van regen en natte sneeuw op het plein neer. Ze deed een greep in haar tas en haalde een opvouwbare paraplu te voorschijn.

'In Antwerpen. Bij de Botanische tuin in de Leopoldstraat. Ik moet nu echt gaan.' Terwijl ze de paraplu opstak en tegen de wind- en regenvlagen in hield, liep ze snel verder. Hij bleef in wanorde achter. Hij kon toch moeilijk wéér achter haar aan rennen.

Hij keek haar na tot ze om de hoek verdwenen was en probeerde in haar loop iets van vroeger te herkennen (was ze eerder van hem weggelopen?) en haastte zich toen de taxi in.

'Editions Mondial. Rue de Verneuil.'

De chauffeur, een pafferige man met een grijze slobbertrui aan, knikte kortaf. Tegen de voorruit van de taxi was een kleurenfoto geplakt van een vrouw met twee kinderen. De vrouw keek treurig, de kinderen, een jongen en een meisje, hadden verongelijkte gezichten, alsof ze hun vader iets verweten.

Terwijl de taxi keerde en rechtsaf de Boulevard Saint-Michel insloeg en de chauffeur kankerde over het slechte weer, dacht Richard terug aan de tijd dat hij in Antwerpen had gewoond. Het was een periode van zijn leven waar hij niet graag aan terugdacht. Kort samengevat: hij was altijd dronken geweest en de vrouw met wie hij leefde verliet hem al snel. Of het ene het gevolg was van het andere of andersom wist hij niet.

Hij zag de Leopoldstraat voor zich, het ziekenhuis, het hekwerk langs de Botanische tuin, de antiquairs en de modewinkels daartegenover, de schouwburg aan het einde van de straat.

Het was zomer, acht uur in de ochtend, de tramrails glansden in het zonlicht.

Rik kwam het ziekenhuis uit waar men hem bij de eerste hulp had verbonden. In een café waar tot ver in de dag de nacht heerste had iemand die niet op Hollanders was gesteld hem een bierglas in het gezicht gedrukt. Was Sacha daar bij geweest?

In de tegenwoordige tijd reed hij langs de Seine, over de Quai des Grands-Augustins. De taxichauffeur zat over het stuur gebogen en tuurde tussen de heen en weer zwiepende ruitenwissers door.

2

Editions Mondial was een kleine uitgeverij die zich sinds jaar en dag toelegde op het uitgeven van reisgidsen, een activiteit die voldoende opbracht om er ook een bescheiden literair fonds op na te houden.

Het kantoor lag aan de binnenplaats van een oud herenhuis, eens bewoond door een voorname familie, nu opgesplitst in talloze appartementjes waarin mensen huisden die elkaar niet kenden.

Richard meldde zich bij de receptie. Even later liep hij door een ellenlange gang die volgestapeld was met boeken. Ze wekten de indruk dit pand nooit meer te zullen verlaten. Op sommige stapels stonden lege glazen en koffiekoppen.

Alain Mitron, de uitgever, zat achter zijn bureau te telefoneren toen Richard binnenkwam. Hij zwaaide naar Richard en gebaarde naar een stoel. Hij was jong, lang en mager. Midden op zijn kale hoofd prijkte een omhooggeschoven zonnebril. Na luttele tijd beëindigde hij het gesprek, kwam achter zijn bureau vandaan en omhelsde Richard, waarbij zijn zonnebril op zijn neus zakte.

'Richard, my friend, there you are.'

Iedere keer als hij Richard zag (dit was nu de derde keer) oefende hij zijn Engels op hem.

'Dat was de assistente van Pivot,' zei hij op het telefoontoestel wijzend. 'Ik doe mijn best om je in zijn televisieprogramma te krijgen.'

'Lukt het?'

'Bernard heeft nog geen tijd gehad om *l'Art d'oublier* te lezen. Hij laat nog van zich horen. Vertel, heb je een goede reis gehad?'

Een van de redenen die Richard Sanders naar Parijs hadden gebracht was de verschijning in Franse vertaling van zijn boekje *De kunst van het vergeten*, een verzameling poëtische prozastukjes die vaak niet meer dan een pagina besloegen. Het was een genre dat in Nederland altijd met enig wantrouwen werd bekeken (kreeg de lezer wel waar voor zijn geld?) maar dat in Frankrijk zonder moeite aanvaard werd. Bij verschijning zouden interviews met hem geregeld worden, een optreden bij Pivot en natuurlijk een officiële presentatie met persfotografen erbij, had Alain geschreven.

'Ik heb een verrassing voor je,' glunderde Alain. De presentatie zal plaatsvinden in Galerie Delano tijdens de opening van je vriend Tovèr.'

Die opening was een andere reden waarom Richard in Parijs was. Met Tovèr, die eigenlijk Ton Verstrijden heette, maar zich al op de middelbare school een kunstnaam had aangemeten, had hij in het prille begin van zijn schrijversleven een tijd in Parijs gewoond. Sindsdien was Tovèr beroemd geworden. Dat hij Tovèr kende had hij Alain een keer tijdens een etentje in Amsterdam verteld en die had dat kennelijk goed in zijn oren geknoopt.

'Maar nu wil je natuurlijk je boek zien!' zei Alain. Hij pakte er een van een stapeltje dat op zijn bureau klaar lag en overhandigde het plechtig aan Richard die het met het vereiste vertoon van dankbaarheid en gretigheid aannam.

'Het ziet er goed uit,' zei hij. 'Mooie letter.'

'Wat vind je van het omslag?'

Het omslag was een foto van een naakte vrouw die half verscholen ging achter een doorzichtige grijze wolk.

'Goed, maar waarom een naakte vrouw?'

'Het gaat om die wolk,' zei Alain terwijl hij uit een klein ijskastje achter zich een fles champagne pakte.

'Die wolk staat voor het vergeten. Op het eerste ontwerp stond een landschap, maar dat sprak niet aan. Een blote vrouw trekt altijd de aandacht. Bovendien komt ze in je boek voor.'

'Weet je het zeker?'

Alain bladerde in het boek tot hij de passage had gevonden.

'Un nuage gris cachait son corps.'

'Dat was ik vergeten,' zei Richard.

Hij liep over de Suikerrui in Antwerpen in de richting van de havencafés aan de Schelde. Het was tien uur 's avonds, er woei een gemene wind door de straten die zo goed als verlaten waren. Ergens in dit door grijze wolken aangetaste deel van zijn geheugen moest zich Sacha van Munster ophouden.

Met zijn uitgever ging hij lunchen in een restaurant om de hoek in de rue du Bac. Op de wc beneden bekeek hij het exemplaar van *l'Art d'oublier* nog eens. Echt tevreden was hij niet. Mooischrijverij, dacht hij gemelijk, in het Frans al helemaal. Het was hem liever geweest als Alain een van zijn romans had uitgegeven, maar die boot had Alain afgehouden. Eerst *l'Art d'oublier*, bij wijze van introductie van Richards naam. In het jaar 2000 zou hij een romanreeks starten. Werd er gereisd in Richards romans?

Vergeten was geen kunst, eerder een gebrek. Of een laffe vlucht in het niets. De zucht om niets te bewaren, om steeds onbelast opnieuw te beginnen zou hem op de duur fnuiken. Als hij straks op zijn sterfbed lag en er niets meer was om naar vooruit te kijken, waar moest hij, beroofd van herinneringen, dan aan denken?

Zou hij in die laatste momenten beelden zien en welke? De angst om met het verkeerde beeld voor ogen door de dood beslopen te worden greep hem bij de keel. Het zou een wrang besluit van zijn leven zijn. Niemand zou weten wat hij zag en de kans om dat beeld te corrigeren was hem niet meer gegeven.

Terwijl hij zijn handen waste keek Richard naar zichzelf in de spiegel. Hij zag een vermoeide oude kop met dunne grijze krulletjes op de schedel geplakt. Dat hij jong was geweest en voor sommigen zelfs aantrekkelijk kon hij niet meer in dat door de tijd verfrommelde gezicht bespeuren.

Toch moest er in zijn gezicht nog iets van vroeger aanwezig zijn, want Sacha had hem herkend. Waarschijnlijk was hij niet de aangewezen persoon om zichzelf onder de loep te nemen. Of was ongemerkt de tijd allang aangebroken dat hij dit juist wel moest doen en kon hij er beter haast mee maken?

In het halletje voor de wc's stond een man te telefoneren. Hij had een verfomfaaid zomerpak aan en een lichtpaars sjaaltje om zijn hals. Zijn lange blonde haar hing in slierten om zijn gezicht, zijn bleke wangen vertoonden roze blossen die met rouge leken te zijn aangebracht. Hij had een stoppelbaard. Om hem heen hing de brakke geur van rode wijn.

'No, I told you, my creditcard was stolen in the metro,' zei de man met wanhopige nadruk in zijn stem toen Richard hem passeerde en de nauwe stenen trap opging die hem terugvoerde naar het restaurant.

Nog geen veertig, dacht hij.

Sinds Richard zestig was geworden schatte hij werktuiglijk de leeftijd van iedereen die hij tegenkwam. Steeds meer mensen waren jonger dan hij. Hun aantal zou alleen maar toenemen tot ze hem ten slotte met z'n allen over het randje zouden duwen.

Hij was een toegewijd lezer van rouwadvertenties geworden. Ook onder de overledenen kwamen mensen voor die jonger waren dan hij. Als hij zo'n aankondiging las kon hij een gevoel van tevredenheid niet onderdrukken. Die had hij tenminste overleefd.

Maar het merendeel was van een leeftijd die nu ook voor

hem in het dichtbije verschiet lag. Lang had het leven eindeloos geleken. Hij had de tijd aan een touwtje dat hij zonder de controle te verliezen onbeperkt kon vieren. Op een onbewaakt ogenblik was hij die controle kwijtgeraakt. De tijd had zich van hem bevrijd en raasde ongebonden alle kanten uit. Een voorval waarvan Richard dacht dat het een jaar geleden had plaatsgevonden bleek in werkelijkheid al vier of acht jaar achter hem te liggen. De rollen waren omgedraaid: de tijd speelde met hém.

Het geroezemoes van de eters in het restaurant en boven alles uit de stemmen van de obers, die op weg naar de keuken luidkeels hun bestellingen plaatsten, monterden hem op. Niets gaf zo'n indruk van vitaliteit als het lunchuur in Parijs. Hij bewonderde de efficiëntie waarmee door het personeel werd gewerkt. Elke seconde werd benut, nooit zag je iemand staan lummelen en toch heerste er geen gejaagde sfeer. De eters zaten boven op elkaar aan te kleine tafels waarvan het formaat al sinds eeuwen niet veranderd was, maar zat je eenmaal dan bleek alles toch wonderwel te passen, ook voor grote noorderlingen.

Zijn uitgever had een vaste tafel. Alains vader, die de zorg voor de uitgeverij aan zijn zoon had overgedragen en die nu in de Provence van zijn pensioen genoot, was hier al klant geweest. Vaste plekken, gewoontes waar niet aan te wrikken viel, Richard was er in zijn eigen leven nooit voorstander van geweest, maar hier genoot hij ervan en voelde hij zich opgenomen in een systeem dat door zijn onveranderlijkheid geborgenheid uitstraalde.

Terwijl Alain de wijn keurde, zag Richard in de spiegel achter Alain de Engelsman opdoemen uit het trapgat. Hij baande zich, zo af en toe steun zoekend bij een stoelleuning of de schouder van een verstoord opkijkende gast, een wankele weg naar de uitgang. Ook Alain volgde zijn loop en Richard zag hem opgelucht adem uitblazen toen de Engelsman de restaurantdeur achter zich sloot.

'Ken je hem?' vroeg Richard. Alain knikte met een misprijzend gezicht.

'Christopher Burns, een auteur van me. Als die Engelsen beginnen te drinken is het einde zoek.'

'Wat schrijft hij?'

'Ik heb één boek van hem uitgegeven: *Un Amour à Hongkong*. Dat kwam een halfjaar geleden uit. Sindsdien hangt hij hier rond.'

'Verkoopt het?'

Alain keek zuinig.

'Zijn creditcard is gestolen in de metro,' zei Richard.

Alain haalde zijn schouders hoog op.

'Dat zegt hij, ja.'

'Geloof je hem niet?'

'Dat maakt niet veel uit. De rognons de veau zijn hier erg goed.'

'Het eten in Frankrijk is altijd goed.'

'Was dat maar waar,' zei Alain. 'Het gaat hard achteruit. De beste Franse koks verdwijnen naar Amerika. Daar kunnen ze meer verdienen. Het Amerikaanse geld verziekt alles. Europa is verloren. Intellectuele discussie bestaat niet meer. De politiek wordt beheerst door tweederangsfiguren. Het zijn de jaren van de grote lauwheid. De Amerikaanse macht heeft ons geknakt.'

'Jullie zijn altijd tegen Amerika geweest.'

'De Amerikanen zijn op weg naar de wereldheerschappij. Op die weg zullen ze een keer struikelen, dat leert de historie ons. Van de chaos die dan zal ontstaan kan niemand zich een voorstelling maken.'

Achter Richards ogen verscheen het beeld van een modderige straatweg, aan de ene kant geflankeerd door een hoge fabrieks- of gevangenismuur, aan de andere kant door een eindeloze vuilnisbelt, zoals je die in derdewereldlanden aantrof. Het was nacht. Hel schijnwerperslicht bescheen het schouwspel. Het leek een filmset. Alleen de acteurs ontbraken.

Na de lunch liep hij over de Boulevard Saint-Germain terug in de richting van zijn hotel. Het regende niet meer, maar de koude wind had vrij spel en blies door zijn kleren heen. De taxi's die hem passeerden waren zonder uitzondering bezet. Dit was het uur om met een vriendin een bed op te zoeken. Hij dacht aan Sacha's kleine mond.

In de rue Hautefeuille kwam hij langs een kleine bioscoop die hij zich nog van vroeger herinnerde. De namiddagvoorstelling begon juist. Hij kocht een kaartje en ging naar binnen. Er draaide een Zuid-Amerikaanse film waarin een kind uit de sloppen van een grote stad op zoek ging naar zijn verdwenen vader die ergens op het platteland moest wonen, terwijl tegelijkertijd de vader op zoek ging naar zijn in de steek gelaten kind. Onderweg kruisten hun wegen elkaar, zonder dat ze het wisten. Het was een larmoyant gegeven en Richard moest dan ook een paar keer de tranen uit zijn ogen wissen.

3

Toen Richard twintig was en zich nog Rik noemde had hij met zijn vriend Tovèr een jaar in de wijk achter het Panthéon gewoond. Voor jongelieden met kunstzinnige aspiraties sprak het in die tijd vanzelf dat je naar Parijs ging. Alleen die stad bood een vruchtbare aarde voor je talent en je ambities. Veel nu beroemde kunstenaars waren je voorgegaan.

In de winter van hun aankomst lag er opzij van het Panthéon een grote bevroren plas water, die pas zou verdwijnen toen het voorjaar zich al weken op de kalender had aangemeld. Het ijs bleef lang hardnekkig liggen, geholpen door de vinnige wind die altijd in deze hoek van het plein woei en misschien ook wel door de eeuwige kou waarin de grote doden die in het Panthéon waren bijgezet zich bevonden.

Iedere keer als hij langs het ijs kwam, schitterend in het strakke zonlicht, riep het beeld kortstondig de herinnering op aan ijspret op de bevroren vaarten van Nederland, het land dat hij dacht voorgoed verlaten te hebben. Zijn jeugdige dromen kenden geen grenzen, zijn doorzettingsvermogen echter bleek, anders dan dat van Tovèr, begrensd te zijn.

Voorbij de plas daalden de vrienden af in de rue Cujas waar ze soms het postkantoor betraden en een spoedaanvraag om geld verzonden naar de ouders van Tovèr, die in tegenstelling tot wat Rik aan familie restte, hun zoon als het nodig was ondersteunden.

Daarna warmden ze zich in een café een paar huizen voorbij het postkantoor, dat een trefpunt was van Zuid-Amerikaanse studenten en kunstenaars in ballingschap. Het café werd verwarmd door een potkachel, de ramen waren beslagen zodat je van buiten nooit kon zien of er veel of weinig mensen waren, maar meestal was het er vol van in opgewonden discussie verwikkelde, doorgaans baardige met zonnebril getooide mensen van hun leeftijd. Tovèr en Rik waren zich er toen nog niet van bewust dat Parijs ook een politieke stad was en dat zich in die roezemoezende menigte toekomstige presidenten en dictators bevonden.

Staande aan de tapkast dronken ze een café-crème en aten een hardgekookt ei. Terwijl ze het ei stuk tikten keken ze elkaar aan en reciteerden de eerste regels van een gedicht van Jacques Prévert: 'Il est terrible/ le petit bruit de l'oeuf dur cassé sur un comptoir d'étain/ il est terrible ce bruit/ quand il remue dans la mémoire de l'homme qui a faim'.

Daarna zakten ze het straatje verder af, op weg naar hun werkplek, Dupont op de Boulevard Saint-Michel. Ze gingen achter in het grote café zitten waar ook de Franse artistieke jeugd rondhing en waar obers je met rust lieten. Rik schreef er zijn gedichten in een goedkoop cahier met kleine blauwe ruitjes, gekocht aan de overkant bij de reusachtige kantoorboekhandel Gibert. In diezelfde winkel schafte Tovèr zijn schetsblokken aan die hij vol tekende met tropische bloemen waaraan Rubensiaanse naakten ontsproten die belaagd werden door kleine, hitsige mannetjes.

Met z'n tweeën bewoonden ze een kamertje in een smal, vervallen huis dat drie verdiepingen telde. Het meubilair bestond uit een paar keukenstoelen en voor het raam een tafel waaraan ze werkten als ze geen geld hadden om in Dupont te zitten. Het bed dat het grootste deel van de kamer in beslag nam deelden ze. 's Ochtends werden ze wakker met een erectie, die ze aan het zicht van de ander probeerden te onttrekken. Ze wasten zich aan de gootsteen die zich in een miniem keukentje bevond. Koffiewater werd verwarmd op een elektrisch kookplaatje. De wc, een gat waarboven ze moesten hurken, was halverwege de trap. Het huis was in de achttiende eeuw gebouwd en sindsdien had niemand er meer iets aan gedaan, behalve dat er op een of ander tijdstip tussen de beide wereldoorlogen elektriciteit was aangebracht. Als ze het kookplaatje wilden gebruiken, moesten ze het licht, een aan het plafond bungelend peertje, uitdoen, anders ploften de zekeringen. Wilden ze het enige raam opendoen om frisse lucht binnen te laten, dan schoven ze de tafel opzij. Tovèr en Rik stonden voor het open raam, hun armen geleund op het gekrulde smeedijzeren hekwerk. Het was in het voorjaar, de zomer hing al in de lucht. Ze keken naar de meisjes die beneden op straat voorbijgingen en maakten kreunende geluiden. De schemering viel. In de kleine drukkerij aan de overkant werd nog gewerkt. De drukker, een Spaanse emigrant, stond aan de pers, zijn kale schedel glanzend in het licht van een tl-buis. Hij drukte voornamelijk trouw-, geboorte- en overlijdenskaarten en anarchistische blaadjes. Ze droomden ervan om, als ze ooit over een sommetje geld beschikten, bij hem een boekje te laten drukken met tekeningen van Tovèr en gedichten van Rik. Later zou dat heel veel waard worden.

De schemering verdiepte zich, straatlantaarns floepten aan, mannen kwamen van hun werk, het café des Sports op de hoek vulde zich. Ze gingen de straat op en kochten een grote portie frites die in een krant werd verpakt, twee dikke rode worstjes, een kwak scherpe gele mosterd en een fles goedkope Algerijnse wijn. In hun kamer aan het avondmaal voelden ze zich gelukkig en op hun plaats. Ze hadden het idee deel uit te maken van het internationale kunstenaarsleven waar Parijs al sinds de jaren twintig het middelpunt van was. Met Fransen kwamen ze nauwelijks in aanraking. Ze waren afwerend en hooghartig en spraken alleen maar Frans, maar als ze in hun eigen taal werden aangesproken deden ze alsof ze het niet begrepen en wendden ze zich ongeduldig af. Het leek erop dat ze zich bedreigd voelden door de buitenlanders, voor wie onderling de voertaal Engels was, de wereldtaal in opkomst, terwijl zij nog in de veronderstelling verkeerden dat Frans de wereldtaal was.

Rik en Tovèr leden er niet onder: wie had de Fransen nodig?

's Avonds gingen ze naar de film, daarna naar een jazzkelder, waar een pianist speelde die Rik uit Amsterdam kende en die hun vrij hield. Soms aten ze bij een kennis van Tovèrs vader, die aan de Nederlandse ambassade verbonden was. Zijn amant, een Senegalees die in het ballet van de Folies-Bergère danste, kookte voor hen. Het eten was heet en exotisch en Rik voelde zich opgenomen in de grote wereld. De kennis van Tovèrs vader bewoonde een groot appartement in een herenhuis aan de rue de Rivoli dat uitzicht bood op de Tuilerieën. Terwijl Rik naar het in lamplicht en tere avondmist gehulde park keek voegde de gastheer zich bij hem en keek met hem mee naar buiten. 'Mooi, hè,' zei hij en even streek zijn hand langs Riks billen. 'Parijs is een stad voor dichters.' Daarna trachtte de kennis van Tovèrs vader Riks mond te kussen, maar Rik wendde zijn gezicht af en de kus belandde op zijn wang. De metrostations waren al gesloten toen Tovèr en Rik het huis verlieten. Langs de Seine liepen ze door de zoele nacht terug naar hun buurt. Rik kon zich niet voorstellen dat hij ooit nog terug zou gaan naar Nederland. Op hun kamer pakte Tovèr zijn tekenblok en begon Rik te schrijven aan een licht-erotisch gedicht. In het gedicht liep hij over boulevards en kuste hij in een donkere bioscoopzaal de lippen van een midinette en ging hij ten slotte ten onder aan de alcohol, verdronken in herinneringen die de zijne nog niet waren. Het werd licht toen ze gingen slapen. Een paar uur later stond Tovèr alweer naast hun bed. De reeks tekeningen die hij 's nachts had gemaakt, zogeheten *histoires sans mots*, ging hij aanbieden bij het weekblad France Dimanche, waar de kennis van Tovèrs vader 'iemand kende' die in de redactie zat. Hij verkocht er drie van en kon meteen doorlopen naar de kassa. Zo begon Tovèrs carrière. Terug op hun kamer wekte hij Rik en liet het geld zien. Rik schoot in de kleren en ze gingen lunchen in een prijzig restaurant tegenover het Luxembourg, waar ze veel wijn dronken. Na de lunch liepen ze door het park en vielen op ijzeren stoeltjes in slaap aan de rand van de vijver waar kinderen onder het waakzaam oog van au-pairs hun zeilscheepjes lieten varen. Toen ze wakker werden begon de schemering in te vallen. De kinderen en de au-pairs waren verdwenen. Achter de vrienden sloot de parkwachter de hekken.

Met Tovèr ging het steeds beter. Hij verkocht zijn tekeningen nu ook aan een modeblad en een galerie had belangstelling voor hem. Hij had vaak afspraken op de rive droite waar het op de rive gauche huizende talent werd verhandeld. Hij had er geen moeite mee het geld dat hij verdiende met Rik te delen, maar Rik ging dat steeds meer bezwaren. Zo kon het niet doorgaan, op de duur zou het geld hun vriendschap aantasten. Hij schreef korte verhalen die hij soms aan Nederlandse bladen kon slijten, maar dat zette geen zoden aan de dijk. Een enkele keer bezorgde de kennis van Tovèrs vader hem slecht betaald werk: taaie brochures over economie die hij in het Nederlands moest vertalen. Voor Tovèr, die wilde gaan schilderen, werd de ruimte waarin ze leefden te klein. Op de tafel bij het raam was nauwelijks plek meer voor Riks werk. Zonder het uit te spreken begonnen ze zich aan elkaar te ergeren. Op een dag zei Tovèr dat een galerie hem een studio had aangeboden die over een paar maanden vrij zou komen.

'Het is een groot atelier,' zei Tovèr, 'maar verder is er niet veel ruimte. Je kunt natuurlijk in het atelier slapen tot je wat anders gevonden hebt.'

'Ik kan toch hier blijven,' zei Rik.

Tovèr zweeg.

'Daar heb ik geen geld voor, bedoel je,' zei Rik. 'Misschien win ik de hoofdprijs in de Loterie Nationale.'

'Wie weet wat er gebeurt,' zei Tovèr, maar zo te horen had hij er niet veel fiducie in.

'Luister, Ton. Ik weet dat ik al een tijd op je zak leef. Eigenlijk onderhoud je me. Ik zal het je allemaal terugbetalen,' zei Rik.

'Onzin. We zijn toch vrienden. Soms heeft de een geld, soms de ander,' zei Tovèr.

Gedurende de tijd dat Rik nog in Parijs verbleef leefden ze verder alsof er tussen hen niets veranderd was. Dat was schijn. Hun vriendschap was niet meer dezelfde, al was het maar omdat ze behalve Tovèrs geld niet meer alles deelden. Tovèrs nieuwe leven legde beslag op hem. Hij kreeg collega's. Hij was bezig zich te nestelen in een diepere laag van Parijs, terwijl Rik aan de oppervlakte bleef darren. Toen

Tovèr een paar dagen met een Franse schilder naar Normandië ging, waar die schilder een boerderij bezat, sprak het al vanzelf dat Rik niet werd meegevraagd. In een morose stemming bleef Rik alleen achter in Parijs. Weer was het winter. Op de koude kamer voltooide hij een vertaling voor de Nederlandse ambassade en belde de kennis van Tovèrs vader op, die hem uitnodigde om met hem te dineren in Fouquet's op de Champs-Elysées. 'Daar heb ik geen geschikte kleding voor,' zei Rik. De kennis van Tovèrs vader duldde geen tegenspraak. 'Als je wilt reserveer ik een tafel in een donker hoekje. Trek maar aan wat je droeg toen jullie bij ons waren. Dat stond je ontzettend leuk.' Rik wist niet meer wat hij die avond had gedragen. Wel voelde hij dat de kennis van Tovèrs vader hem niet zonder bedoeling aan die avond herinnerde. Na enige tweestrijd besloot hij op de uitnodiging in te gaan. Wat had hij te verliezen? Voor het eerst van zijn leven at hij oesters. Hij dronk dure wijnen. Hij vertelde over zijn verlangen een groot dichter te worden. De kennis van Tovèrs vader citeerde Rimbaud. *L'étoile a pleuré rose au coeur de tes oreilles*. Hij legde zijn hand op Riks hand en zei dat hij Rik behulpzaam kon zijn bij zijn ambitie. Hij zou hem voorstellen aan mensen die ertoe deden in het Parijse leven. Rik dacht aan Tovèr die nu naar de sterren keek in de hemel boven Normandië. Kaarslicht flakkerde en zijn glas werd weer volgeschonken. Hij voelde nauwelijks de hand die onder tafel over zijn dij gleed, maar wat hij voelde liet hij toe. Ze stonden buiten Fouquet's. Rik wilde dat de roes waarin hij zich vrij en onaantastbaar voorkwam voortduurde. De kennis van Tovèrs vader nam hem mee naar een hotel in een straat achter de Champs-Elysées. Op de kamer stelde Rik er eer in zichzelf uit te kleden. Daarna liet hij de kennis van Tovèrs vader begaan. De man, die nu een onbekende ander was geworden, sliep nog toen Rik een paar uur later opstond en zich in alle stilte haastig aankleedde. Het was nog donker. De vorst sneed door zijn kleren. Water stroomde langs de stoepranden. Op de hoek van de straat ging een tabac open waar hij met trillende handen een zwarte koffie dronk. Bestormd door verwarde gedachten, waarvan hij er niet een afmaakte, nam hij de eerste metro terug naar zijn quartier. In zijn kamer viel hij onmiddellijk in slaap. Aan het einde van de middag werd er een boeket rozen bezorgd dat hij laat op de avond bij het huisvuil deponeerde. Midden in de nacht kwam Tovèr terug uit Normandië. Terwijl Tovèr vertelde hoe prachtig het licht daar was en hoe de Franse collega de irritante gewoonte had de hele dag zijn keel te schrapen en klodders spuug te produceren, dronken ze twee flessen wijn. Die waren door Tovèr meegenomen, omdat hij het idee had iets goed te moeten maken tegenover Rik.

'Ik heb je gemist,' zei hij. 'Wat heb jij gedaan?'

'Ik heb die vertaling voor de ambassade afgemaakt,' zei Rik. 'En verder, nou ja, wat rondgelopen. Aan een gedicht begonnen. Verder niets.'

'Is er nog wat gebeurd terwijl ik weg was?' vroeg Tovèr.

'De blocnotes bij Gibert zijn tijdelijk 40 procent goedkoper.'

Tovèr zuchtte.

'Je moet een manier vinden om hier wat geld te verdienen,' zei hij. Er kwam iets ongeduldigs in zijn toon. 'Kun je niet correspondent worden van een of andere Nederlandse krant?'

'Ik weet niets van journalistiek. Bovendien hebben ze allemaal al correspondenten.'

'Je zult toch iets moeten proberen,' zei Tovèr. 'Schrijf voor Franse kranten over Nederland.'

'Ze weten hier niet eens dat Nederland bestaat. Ze denken dat Van Gogh een Franse schilder is.'

'Ja, als je op alles nee zegt...'

'Dat is het niet, Ton. Ik wil geld verdienen met wat ik graag doe, met dichten en schrijven, zoals jij met tekenen en schilderen. Jij hebt het geluk dat iedereen tekenen en schilderen begrijpt, maar bij wat ik doe zit de taal in de weg.'

Tovèr begon zich uit te kleden.

'Ik ga slapen,' zei hij. 'We praten er morgen wel verder over.'

Rik wendde zich af toen Tovèr zich uitkleedde. Opnieuw het bed te delen met een man boezemde hem afkeer in. 'Ik ga nog even naar buiten,' zei hij. 'Wat ga je doen?' vroeg Tovèr, terwijl hij onder de dekens kroop. 'Nadenken,' zei Rik. Hij stapte de nacht in. Op het pleintje voor het huis lag een zwerver op een metrorooster. Dit was het korte uur waarin de stad sliep. Hij liep over de Boulevard Saint-Michel in de richting van de Seine. Op een donkerblauw politiebusje waarin een flauw lampje brandde na was de boulevard verlaten. Hij haalde opgelucht adem toen hij het busje gepasseerd was. De Parijse politie was geen groot liefhebber van vreemdelingen. Het rad der fortuin onder aan de boulevard, waar je een pop, een pond suiker of een loterijlot kon winnen, was gesloten. Wolkenflarden trokken traag langs de afnemende maan. Op de Quai Saint-Michel daalde hij de trap af naar de Seine. Rik liep door tot hij tegenover de Notre-Dame was gekomen. Daar ging hij zitten met zijn rug geleund tegen de kademuur, en zag de waarheid onder ogen. Hij moest terug naar Nederland. Een vuilnisboot van de stad Parijs voer voorbij. Het water klotste tegen de boorden van de rivier. Na een poosje stond hij op en liep terug naar de Pont Saint-Michel. De donkere vormen van de gebouwen aan de overkant straalden ontoegankelijkheid uit. De stad had zich tegen hem gekeerd. Dit was zijn tweede doorwaakte nacht. De cafés waren nog niet in bedrijf, al brandde er hier en daar wel licht. Pakken kranten werden gedeponeerd bij de gesloten kiosken.

Tovèr was op de been toen Rik thuiskwam. 'Ik ga terug naar Nederland,' zei Rik, terwijl hij, op de rand van het bed gezeten, in de koffie blies die Tovèr gezet had. Tovèr keek hem pijnlijk getroffen aan, maar leek niet verbaasd.

'Wanneer?' vroeg hij.

'Vandaag,' zei Rik. 'Het heeft geen zin om het langer uit te stellen.'

‘Je komt toch wel terug?’ vroeg Tovèr, terwijl hij een vel tekenpapier vastprikte op hun tafel. Buiten was het licht geworden en kon je de haastige voetstappen horen van mensen op weg naar hun werk.

‘Natuurlijk,’ zei Rik. ‘Zodra ik geld heb.’

Ze lunchten in Le Rendez-vous des Belges aan de overkant van Gare du Nord. Tovèr bood aan zijn treinkaartje te betalen.

‘Ik heb geld van die vertaling voor de ambassade,’ zei Rik.

‘Als je denkt snel terug te komen, zou ik een retour nemen,’ zei Tovèr. ‘Die zijn twee maanden geldig.’

‘Ik moet wat geld overhouden voor Amsterdam,’ zei Rik.

Op het perron, terwijl de trein op vertrekken stond, drukten ze elkaar de hand. Omhelzen was nog geen mode voor Nederlanders.

‘Doe je best,’ zei Tovèr. ‘Ik wacht op je.’

In de trein viel Rik bijna direct in slaap. Hij werd pas wakker toen de douane hem wekte op de Belgische grens. In het donker reed hij door België, buurland dat hij niet kende. Laat op de avond in Amsterdam aangekomen, nam hij de tram naar het Leidseplein. Wat was alles benauwend klein. Hij betrad een café waar hij wist dat dichtersvrienden van hem altijd bijeenkwamen. Toen het café sloot ging hij mee naar het huis van een meisje dat beeldhouwen studeerde aan de Rijksakademie. Meer dan een jaar leefde hij met haar. Langzaam aan raakten de plannen om zo snel mogelijk naar Parijs terug te keren op de achtergrond, maar ze verlieten hem nooit.

4

In het hotel duurde het lang voor Richard in slaap viel. De cognac die hem eerder op de avond was aangeboden door de eigenaar van het Vietnamese restaurant in de rue St-Jacques bonkte in zijn hart. Het restaurant heette Saigon en even waren hem de televisiebeelden te binnen geschoten van de helikopters die tijdens de val van die stad het laatste personeel van het dak van de Amerikaanse ambassade plukten. Wanhopige Vietnamezen klemden zich aan het landingsgestel vast en lieten pas los toen de helikopters de lucht in zwiepten. Dat waren dramatische beelden geweest. Hoeveel mensen herinnerden zich die nog? Die paniek, die radeloosheid en dat alles bij zonnig daglicht. Het verraad tegenover de mensen die achterbleven. De politici die zich altijd wisten te redden uit de rampen die ze hadden aangericht. Als gangsterbazen reden ze rond in bepantserde auto's. Door bodyguards met argusogen bewaakt vertoonden ze zich breed glimlachend aan de wereld. Ze kenden bescheidenheid noch schaamte. De verschrikkingen die de wereld die Richard kende teisterden zouden toch hun sporen in zijn werk moeten nalaten, maar veel verder dan een paar pathetische verzen en een steeds dieper wordend gevoel van tekortschieten was hij nooit gekomen. Als eens zijn nagelaten werk werd uitgegeven, zou het gevolgd moeten worden door een afdeling 'onbegonnen werk'.

Het weer was nog altijd guur toen hij na het eten terugwandelde naar het hotel. De straten, die in deze buurt zomers krioelden van de mensen, waren zo goed als verlaten. In een café aan de rue des Écoles dat half op sluiten stond dronk hij nog een demi. Aan de tap was een man in gesprek met de barkeeper. Op de kruk naast hem stond een boodschappentas waar een kat haar kop uitstak.

'Het is maar voor twee maanden,' zei de man. 'Dan kom ik haar weer ophalen. Ik geef je natuurlijk geld voor eten.' Met zijn wijsvinger streelde hij de neus van het dier. De barkeeper perste zijn lippen samen en schudde zijn hoofd.

'Ze is een goede muizenvanger,' hield de man aan.

'Als het alleen aan mij lag...' zei de barkeeper. 'Maar de bazin is allergisch voor katten.'

De man wierp nu een vragende blik op Richard.

'En u, meneer?' zei hij. 'Wilt u zich niet voor korte tijd ontfermen over deze poes? Ze is aan mensen gewend en zindelijk. Ze is goed gezelschap op eenzame avonden.'

Hulpeloos glimlachend schudde ook Richard zijn hoofd.

'Ik woon hier niet,' zei hij. 'Ik ben vreemdeling.'

'Ah, vous êtes touriste,' zei de man teleurgesteld.

Richard knikte. Meer was hij nooit geworden in deze stad.

Liggend op zijn hotelbed keek hij naar de televisie, die weinig soelaas bood. De Franse televisie herhaalde een showprogramma waarin onbekend zangtalent zijn beste beentje voorzette, gepresenteerd door een enthousiasme voorwendende vrouw van onbestemde leeftijd met staalkoude ogen. Met zijn hand in zijn pyjamabroek probeerde Richard iets zinnenprikkelends te ontdekken aan de vaak piepjonge zangeresjes, maar dat was vergeefse moeite. CNN bracht een programma voor zakenmensen, herhaaldelijk onderbroken door reclames voor wereldhotels, waaronder het hotel in Parijs waar Tovèr nu verbleef. Morgen zou hij hem weer proberen te bereiken. Lezen was onmogelijk. De schemerlamp op het tafeltje naast het bed gaf te weinig licht. Alleen in de badkamer was het licht helder. In het algemeen kon je stellen dat hoteldirecties niet van lezers hielden. Hij deed licht en televisie uit en luisterde naar de geluiden van de nacht: een gedempt zoemen dat hij niet thuis kon brengen, het kreunen van de lift die laat thuiskomende gasten naar boven bracht, de tik waarmee de minibar aansloeg, de sirene van een politieauto.

Gaandeweg richtten zijn gedachten zich op de belangrijkste gebeurtenis van de achter hem liggende dag: de ontmoeting met Sacha Lefort die hij gekend zou hebben onder de naam Sacha van Munster. Jaren geleden. In Antwerpen waar hij een paar jaar had gewoond en in vele vreemde bedden was beland. Elke nacht eindigde in dronkenschap. Zijn uit Nederland meegenomen vriendin verliet hem al na een paar maanden voor de ook door Richard bewonderde trompettist van een jazzgroepje dat een engagement in een Istanbulse nachtclub kreeg. Hij was aan zichzelf overgeleverd, niemand lette op hem, hijzelf het minst. Zijn Antwerpse vrienden, schilders en dichters, waren stuk voor stuk zware drinkers. Ze leidden een potdicht leven waarin de rest van de wereld niet bestond. Ze maakten kleine wild geïllustreerde blaadjes die ze uitventten in de vele cafés in de binnenstad en aan de Scheldeoever. Eigenlijk was Richard de kleine blaadjes ontgroeid. In Nederland had hij succes met zijn gedichten, maar van poëzie kon je niet leven. Het liefst zou hij zijn poëzie weggeven, maar deze idealistische gedachte hield hij voor zich. Hij had een klein inkomen van de verhalen die hij aan Nederlandse tijdschriften sleet. Twee keer per week schreef hij een luchtig stukje voor een Antwerps dagblad. Hij kreeg een poëzieprijs. Het veel te grote negentiende-eeuwse herenhuis in de buurt opzij van de Mechelsesteenweg kostte, gemeten aan Nederlandse maatstaven, bijna niets. Hij verdiende voldoende geld om te leven en te drinken. En in zijn heldere momenten werkte hij aan een roman waaraan hij voor zijn plotselinge vertrek naar Antwerpen, bijna van de ene dag op de andere, begonnen was. Er zat geen lijn in zijn leven. Alleen het schrijven bood houvast. Voor het overige was het ijsschotsen lopen zonder enig uitzicht op een andere oever. Toch, zwaartillend was hij niet, hij zag daar ook geen reden voor. Hij accepteerde wat op hem afkwam als behorend tot de gegevens van een leven dat als belangrijke momenten alleen de geboorte en de dood te bieden had. Zijn geboorte had hij niet bewust meegemaakt en hij was er zeker van dat hij ook zijn dood niet bewust zou meemaken. Schrijven was het enige waarvan hij het begin en einde wist. Schrijven was de werkelijkheid die hij begreep. Geliefden verlieten hem als het na een periode van verblindheid tot hen doordrong dat alleen het schrijven hem wezenlijk interesseerde en zij altijd op de tweede plaats zouden komen. Ze beschuldigden hem van egoïsme. Ze huilden. Ze krabden aan de muur die hij dan om zich heen optrok om zijn schrijven te beschermen. Een enkeling richtte haar haat op zijn werk en verscheurde het manuscript dat hij onder handen had. Dat stond gelijk aan een moordaanslag. Maar hij had een kopie.

Dat Richard in Antwerpen te wonen kwam was voor een deel een halfhartige poging om terug te keren naar Parijs. Daar had hij nog altijd het geld niet voor, maar in ieder geval woonde hij er nu een stuk dichter bij. Maar de Schelde was niet de Seine en De Keyserlei niet de Champs-Elysées en de Lange Koepoortstraat niet de Boulevard Saint-Michel. De droom verliet hem niet, maar leek steeds meer gedoemd een droom te blijven, naarmate zijn schrijversleven zonder Parijs vastere vorm kreeg. Tovèr, die een naam in de Franse kunstwereld was geworden, woonde sinds kort in Zuid-Frankrijk. Zomers ging hij in Cannes op de foto met filmsterren. Toen Richard Parijs pas verlaten had, schreven ze elkaar vaak, maar allengs waren de brieven schaarser geworden. Tovèr nodigde hem uit naar Zuid-Frankrijk te komen, maar Richard wist niet wat hij daar moest doen. Een logé maakt zijn leven afhankelijk van een ander. En Tovèr was voor hem onverbrekelijk met Parijs verbonden, met een samen gedeeld begin waarin alles nieuw was, met nog onbevlekte ambities, met een tijd waarin ze zich konden veroorloven zonder compromissen te leven, omdat die eenvoudig nog niet op hun weg waren gekomen. Ze leefden eigenlijk zonder beginselen, een ideale staat. Pas als beginselen zich aandienen ligt het compromis op de loer. Tovèr schreef hij terug dat hij 'midden in een roman' was en niet weg kon. Toen de roman af was en na uitgave een succes bleek te zijn keerde hij uit Antwerpen terug naar Amsterdam. Het geld dat hij met zijn boek verdiende stelde hem in staat een woning te huren aan een van de kleinere grachten. Sinds het einde van de Tweede Wereldoorlog heerste in Nederland de slepende ziekte van de woningnood. Het enige medicijn daartegen was geld. Spoedig na zijn terugkeer ontmoette hij Gerda, die zijn vrouw zou worden.

Zijn Antwerpse kunstenaarsvrienden leden aan zwaarmoedigheid, slachtoffer als ze waren van een alles dichtmetselende katholieke jeugd waaraan ze zich probeerden te ontworstelen. Ze waren afkomstig uit de kleine middenstand of, een enkeling, uit de hogere bourgeoisie, meestal met Walloonse achtergrond. Ze beleden een Antwerpse versie van het surrealisme, een combinatie van bier, actes gratuits, broeierige erotiek en in eigen beheer uitgegeven boekjes. Op de achtergrond altijd het verzet tegen de gehate kerk. Met zijn vriend Philippe de Walcourt die zich op zijn visitekaartje Prins der Dadaïsten noemde, zwierf Richard door de nachtzijde van het Antwerpse leven, waar kunstenaars, zeelieden, lichtekooien en legionairs zich vermengden. Een keer, toen een beruchte Belgische kardinaal was overleden, nodigde Philippe zijn vrienden uit in zijn nagenoeg onbewoonbare woning in de binnenstad voor een erewijn. Na het gezamenlijk zingen van de Brabançonne ontstak hij een vreugdevuur in de manshoge schouw. De vlammen werden gevoed met zijn huisraad. De schoorsteen kon het wild oplaaiende vuur niet verwerken en het huis begon te branden. Brandweer en politie arriveerden snel. Philippe werd gearresteerd, maar de volgende ochtend was hij alweer op vrije voeten en hield hof in een café op het Hendrik Conscienceplein. Zoals veel van zijn vrienden had Philippe connecties in hoge bestuurlijke kringen. Zonder connecties was het niet goed mogelijk om in België te leven, begreep Richard.

In dit milieu of aan de periferie ervan moest hij Sacha van Munster ontmoet hebben. Het moest meer dan een vluchtige ontmoeting zijn geweest, anders zou ze hem niet aangesproken hebben. Er was iets in haar toon geweest dat op vertrouwelijkheid wees. Hij had veel vriendinnen in Antwerpen gehad, zelden langer dan een nacht. De meesten herinnerde hij zich niet meer. Hij haalde zich de gedichten voor de geest die hij in die periode had geschreven. In geen kwam een vrouw voor en geen ervan was aan een vrouw opgedragen. Ja toch, in een ervan liep een meisje met opgestoken haar door de regels. Hij trachtte er het gezicht van Sacha bij te denken en haar hese stem zoals hij die 's ochtends in de regen had gehoord, maar het riep niets bij hem wakker, althans niet uit die tijd. Wel moest hij plotseling denken aan een verliefdheid uit zijn middelbareschooljaren, haar naam schoot hem zelfs te binnen: Roosje. De halve school was op haar verliefd, maar ze was onbereikbaar, ze ging met een beul van een jongen uit de hoogste klas, die lid was van de roeiclub. Het gerucht ging dat ze 'het deden'. Maar toch had ze Richard op een schoolfeest bij de arm gepakt en de dansvloer opgetrokken. Haar warme lichaam drukte zich tegen hem aan, haar lippen beroerden vluchtig zijn wang. De beul stond onverschillig cola drinkend met zijn gunstelingen aan de rand van de dansvloer, terwijl Roosje al dansend met een hand haar opgestoken haar losmaakte en steeds wilder met de over zijn benen struikelende Richard over de vloer zwierde. De volgende dag zag ze hem niet meer staan en liep ze opnieuw innig verstrengeld met de beul het schoolplein af. Hij bande de herinnering aan de school die hij gehaat had uit zijn geheugen. Dit was werkelijk te lang geleden om nog door geplaagd te worden.

Hij stelde zich zijn huis in Antwerpen voor, dwaalde door de gangen en kamers, maar trof Sacha nergens aan. Ook niet in de havencafés langs de Schelde. En evenmin in het Stadspark dat een rol speelde in een van zijn gedichten. Toch, als er iets tussen hen was geweest, was de kans groot dat hij hier met haar gelopen had of in het gras gelegen op een warme zomerdag en een glas had gedronken in de Melkerij van het park. Sacha had de Leopoldstraat genoemd als plaats waar ze elkaar ontmoet hadden. Als hij van zijn huis bij de Mechelsesteenweg naar de binnenstad liep en dat gebeurde elke dag, ging hij via die straat. Aan zijn linkerhand de Botanische tuin, daar zouden ze elkaar zijn tegengekomen. Hoe was dat in zijn werk gegaan? Had hij haar aangesproken? Zij hem? Waren ze aan elkaar voorgesteld door een vriend? Of misschien een vriendin? Aan het einde van de Leopoldstraat stond rechts de schouwburg. Achter de schouwburg lag een klein lommerrijk plein. Daar bezocht Richard wel eens het huis van een bevriend echtpaar, Stieneke en Jef. Als hij er overdag over de vloer kwam was alleen Stieneke thuis met de baby, die sliep of over het tapijt kroop. Jef werkte in de boekwinkel van de socialistische partij, waar hij zo af en toe een greep uit de kas deed om een onregelmatig verschijnend anarchistisch blaadje te kunnen bekostigen. Stieneke was negentien of twintig jaar – zo oud moest ook Sacha toen geweest zijn. Stieneke had dikke billen en kleine borsten. Als ze klaarkwam maakte ze muizige geluidjes. Toen ze twaalf was had ze ballerina willen worden, maar haar billen zaten een danscarrière in de weg. Ze schilderde miniatuurstillevens van bloemen, die ze voor weinig geld verkocht aan antiekwinkels en patisserieën. Als Richard langskwam veegde ze haar penselen af, legde de baby in de wieg en gaf zich over aan het vleselijk genot. Ze was de onbekommerdste minnares die Richard gekend had, puur op de vreugde van de lust gericht. Er was geen liefde of bezitsdrift in het spel, die de zaak kon compliceren. Er kwam een einde aan hun verhouding toen Jef tegen de lamp liep. Hij werd geruisloos ontslagen. Uit eerbied voor Jefs grootvader, die een van de oprichters van de socialistische partij was, hing de boekhandel de zaak niet aan de grote klok. Jef zat voortaan overdag thuis en verzorgde de baby, bezon zich op de wereldrevolutie. Stieneke verdubbelde haar productie en kreeg een opdracht van een oliemaatschappij om een kalender te maken. Van de opbrengst kocht ze een tweedehands Amerikaanse auto, waarin Jef zich morrend liet rondrijden.

Moest Richard het spoor volgen van zijn kortstondige Antwerpse liefdes, voor zover hij die zich herinnerde, om uiteindelijk bij Sacha van Munster uit te komen? Met die vraag viel hij ten slotte in slaap.

Om zeven uur werd hij door het hotel gewekt. Daar had hij de vorige avond om gevraagd. Waarom zo vroeg? Dat hij Gerda in Amsterdam wilde bellen voor ze naar haar werk ging, was hij vergeten. Hij opende de gordijnen en keek naar buiten. De lucht was donkergrijs, maar het regende niet meer. Hij poetste zijn tanden om de onaangename smaak in zijn mond te verdrijven, zocht het bed weer op en sliep verder.

5

Om negen uur belde hij, op de rand van zijn bed gezeten, het Ritz hotel op de Place Vendôme. Het weer was opgeklaard, de zon scheen. Zonlicht viel binnen in de cour. Na enig suizen en klikken klonk plotseling Tovèrs stem hard in zijn oor.

'Hello?'

'Ton? Met Richard.'

'Richard, ouwe reus!'

Ouwe reus. Die term had hij lang niet gehoord en hij kon zich niet herinneren dat Tovèr hem vroeger ooit had gebruikt. Ook sprak hij met een zwaar Amerikaans accent.

'Ik hoor dat wij samen dingen gaan doen,' vervolgde Tovèr. 'Dat is goed, man! Excuse my Dutch, ik spreek het niet vaak meer. Hoe is het met jou? Luister Richard, wij moeten afspreken. How about having lunch together? Wat zeg je, Janis? O nee, Richard, dat kan niet. Ik heb lunch met de ambassadeur. Later in de middag misschien?'

'Ja. Zeg het maar.'

'Ik ben vanmiddag mijn schilderijen aan het ophangen in de galerie. Galerie Delano. Dat is op de Avenue Franklin-Delano-Roosevelt. Vlak bij de Champs-Elysées.'

'Ja, dat weet ik wel,' zei Richard, lichtelijk geërgerd.

'Six o'clock. Right?'

'Right.'

'Wat zeg je, Janis? Yes, I'll tell him. Richard? Je moet de nieuwe Paris-Match kopen.'

In de ontbijtzaal van het hotel zaten twee jonge Nederlandse stellen, die hun programma voor de dag bespraken: Eiffeltoren, bateau-mouche of de grote warenhuizen ('Kunnen we beter de laatste dag doen'), Montmartre, Folies-Bergère. Ze pakten broodjes van de ontbijttafel in papieren servetjes voor onderweg ('Scheelt geld, want het is hier verschrikkelijk duur') en herkenden Richard. ('U bent toch die schrijver?'). Richard bekende schuld en wenste ze een prettige dag.

'U kunt ook naar het Pompidou gaan,' zei hij.

'Dat is dat museum,' wisten ze.

'Er is een COBRA-tentoonstelling.'

'COBRA?'

'Karel Appel,' bracht Richard de beweging terug tot de bekendste naam.

Toen Tovèr en hij in Parijs woonden waren ze nooit op de Eiffeltoren geweest. Ze hadden het idee dat de echte Parijzenaar daar niet kwam. De Eiffeltoren was voor toeristen en Franse boertjes van buiten in zondagse kleding. Hun houding, toen zo vanzelfsprekend, kwam hem nu als verwaten voor. Misschien moest hij vandaag of morgen als hij niets beters had te doen die toren maar eens op. Had hij iets beters te doen? Hij ging terug naar zijn kamer en sloeg het telefoonboek open. Er woonden veel Leforts in Parijs, waaronder een hele reeks Lefort, S. Achter sommige namen stond een beroep vermeld. Décorateur. Scénariste. Dentiste. Veel wijzer werd hij er niet van. Twee essen zonder beroep woonden in het arrondissement waarin Richard zich nu bevond. 19, rue Monge. 3, rue Cuvier. Die laatste straat was in de buurt van de Jardin des Plantes, herinnerde hij zich. Daar hadden Tovèr en hij op koude dagen veel tijd doorgebracht in de kas voor tropische gewassen. Tovèr had zijn schetsblok bij zich, Richard een goedkope uitgave van de gedichten van Apollinaire en een zakwoordenboek. 'Maintenant tu marches dans Paris tout seul parmi la foule/ Des troupeaux d'autobus mugissants près de toi roulent/ L'angoisse de l'amour te serre le gosier/ Comme si tu ne devais jamais plus être aimé'. De kuddes loeiende autobussen stamden uit 1913. De vergelijking met vee zou bij geen dichter meer opkomen, hoewel: het signaal van de metro vlak voor de deuren sloten had wel iets weg van het hoge schreeuwtje dat een varken maakte als je aan zijn krulstaart trok. Angoisse: angst, benauwdheid, maar hij koos natuurlijk voor hevig verterend verlangen. Gosier: keel, strot. Knijpt je de keel dicht. Strot was zo heftig.

Hij liep het hotel uit. Deze keer passeerde Sacha Lefort-van Munster niet. Hij zou langs de adressen kunnen gaan die in de buurt lagen, maar stel dat ze toevallig naar buiten kwam, dan zou hij met net zo'n mond vol tanden staan als gisteren.

Hij was een dag in Parijs en had al vierentwintig uur nieuw verleden opgebouwd. Terwijl hij op het plein stond, aarzelend welke richting in te slaan, diende zich opnieuw een ongevraagd beeld bij hem aan dat hij niet thuis kon brengen. Hij zag een raffia vloerkleed met slijtplekken. Door een raam viel maanlicht naar binnen en deed het raffia glanzen. Op de voorgrond in een bovenhoek van het beeld vertoonde zich een blote voet. Het had veel weg van een surrealistische collage, geliefd tijdverdrijf van schilders en schrijvers. Hij besloot niet op zoek te gaan naar Sacha. Het kwam hem voor als puberaal gedrag – zwerven om het huis van het meisje dat je niet durfde aan te spreken. Hij liep de tegenovergestelde richting uit, stak het Luxembourg door en verliet het park bij de rue Vavin. Zijn pas was doelgericht, volwassen, alsof hij ergens in de stad iets te doen had. Om deze gerichtheid meer inhoud te geven ging hij halverwege de rue Vavin een schrijfwarenwinkeltje in en kocht een blocnote. De zon scheen voluit. Was het voorjaar begonnen? Zin om te schrijven werd in hem wakker, het enige dat ertoe deed. De rue Vavin kwam uit op de Boulevard du Montparnasse. Aan de overkant zag hij een kiosk en hij herinnerde zich de opdracht van Tovèr. Hij kocht de Paris-Match. Hier hadden na de Eerste Wereldoorlog Hemingway en Scott Fitzgerald zich bedronken. Richard probeerde hun schimmen op te roepen maar het was te lang geleden en hij was er nooit bij geweest. Hij stak weer over en ging Le Sélect in waar hij aan een tafeltje bij het raam ging zitten. Het zonlicht in de glazen uitbouw was warm en vrolijk. Hij bestelde een citron-pressé en bladerde het weekblad door tot hij belandde bij een reportage over Tovèr.

In deze reportage ('Les Tentations de Tovèr') was Tovèr familie van Van Gogh en Van Dongen, twee beroemde Vannen die het grijze licht van het noorden hadden verruild voor de felle uitdagende gloed van de zuidelijke zon. In dat licht was Tovèrs kunst tot wasdom gekomen. In het begin had hij armoedige jaren in Parijs gekend, maar het was ook de Lichtstad geweest die zijn unieke talent had ontdekt. Een foto van Tovèr in zijn eerste atelier in de rue Delambre (vlak bij waar Richard nu de Paris-Match las en zich met spijt realiseerde dat hij dat atelier nooit gezien had). Tovèr had een smal, mager gezicht (wat waren ze jong geweest!). Maar na die eerste moeilijke tijd ('omdat hij het weinige geld waarover hij beschikte liever besteedde aan verf en schilderslinnen dan aan eten, leed hij vaak honger. Toch herinnert hij zich die jaren van teisterend gebrek als gelukkige jaren') kwam de roem die hem in staat stelde zijn stoutste wensen te vervullen. Hij bezat een atelier waar hij de helft van het jaar werkte in de bergen boven Cannes. Foto van de schilder op het bovendek van zijn jacht in de haven van Cannes, terwijl hij omringd door schoonheden onder wie een jonge Catherine Deneuve een champagnefles laat spuiten. De andere helft van het jaar bracht hij door in een huis aan de rand van de Nevadawoestijn door Frank Lloyd Wright gebouwd. Om zich te verpozen bezoekt hij soms de casino's van Las Vegas. Foto met Nancy Sinatra. Maar Parijs vergat hij nooit. Foto op de Place de la Concorde met zijn nieuwe vriendin Janis Davis, kleindochter van Miles Davis en Juliette Gréco.

Richard legde het blad weg. Zijn schrijflust was geluwd. Le Sélect begon langzaam vol te lopen met klanten voor een kleine lunch. Hij bestelde een croque-madame en een glas witte wijn. Hij vroeg zich af of hij Tovèr nog wel wilde zien. Hun werelden waren uiteen gegroeid. Tovèr was een andere wereld gaan bewonen waarin ze zelfs de taal niet meer deelden. Alleen het verleden bond hen, en hij was benieuwd of dat gezamenlijk doorgebrachte leerjaar in Parijs voor Tovèr even zwaar woog als voor hem. Er was nog iets. Iets waaraan hij zich geërgerd had bij het lezen van de reportage in de Paris-Match. Hij bekende het zichzelf met schaamte. Zou hij nooit oud en wijs worden? Wat hem dwars zat was dat zijn naam niet was gevallen in die reportage. Bij de lezer werd de indruk gewekt dat Tovèr moederziel alleen voor zijn kunst had zitten hongerlijden in Parijs. Maar ja, wat had het weekblad moeten schrijven? De in Nederland bekende schrijver Richard Sanders, wiens zojuist bij Editions Mondial verschenen *l'Art d'oublier* zal worden gepresenteerd tijdens Tovèrs vernissage in Galerie Delano, deelde in die magere jaren zijn lot? Als Tovèr die herinnering al had aangeroerd – die mogelijkheid wilde hij niet uitsluiten – dan zou de redactie het eruit hebben geschrapt. Beroemde persoonlijkheden hadden geen omgang met onbekenden. Dat droeg niet bij aan de legende. Er bestond een foto uit die tijd van hen beiden, gemaakt door een straatfotograaf op de Place St-André-des-Arts. Toen Richard Parijs verliet met de bedoeling snel weer terug te komen was die foto bij Tovèr achtergebleven. Alleen als het weekblad in het onderschrift had kunnen vermelden 'Tovèr in gezelschap van zijn vriend Richard Sanders, de latere Nobelprijswinnaar voor Literatuur', had de foto een kans gemaakt om geplaatst te worden.

Hij bestelde een tweede glas wijn om de muizenissen te verdrijven. Hij verwonderde zich over zijn kwetsbaarheid na zoveel jaren. Al met al verheugde hij zich toch op het weerzien met zijn oude vriend. Het moest zeker vijf jaar, nee meer, geleden zijn dat ze elkaar het laatst in Amsterdam gesproken hadden. Er was toen net een nieuwe roman van Richard verschenen, een gebeurtenis die in een restaurant was gevierd door de uitgever, Richard en Gerda en een paar vrienden. Katterig fietste hij de volgende morgen door de grijze stad, op weg naar de afspraak met Tovèr die in het Amstelhotel logeerde met zijn vriendin, een Frans topmodel van Algerijnse afkomst. 's Avonds zou ze meelopen in een show met diner na voor een goed doel. Op de fiets bedacht hij moedeloos hoe voorspelbaar zijn Nederlandse leven was, hoe alles tot een automatische herhaling van zetten was geworden. Alleen het schrijven zelf bracht kleur aan in zijn bestaan. Willoos slachtoffer van het Hollandse realisme, ketende hij zijn fiets vast aan een verkeerspaal tegenover de ingang van het hotel, waar Tovèr en hij een laat ontbijt zouden gebruiken. 'Meneer Sanders?' herkende men hem aan de balie. 'Meneer Tovèr wacht op u in de serre.'

Ze omhelsden elkaar. Ton was dik geworden, maar het was een stevige dikte waarin veel spierkracht school. Zijn gebruinde huid was gaaf en hij droeg zijn lange zwarte haar in een vlecht. Er was iets oosters in zijn trekken gekomen. Misschien had het er altijd in gezeten en was het door de jaren aan het licht gebracht. Ton had hem weleens verteld dat de kans groot was dat hij Indisch bloed had, omdat hij afstamde van een oud perkeniersgeslacht in de Molukken. Ze waren er niet op doorgegaan. Het was een aardig familieverhaal, maar zij leefden in het heden en dat ging nooit voorbij.

'Dat werd tijd,' zei Ton.

'Wanneer zagen we elkaar het laatst?' vroeg Richard zich af.

'Dat is alweer een jaar of wat geleden. Ik had een tentoonstelling in het Haagse Gemeentemuseum.'

'En ik was nog niet zolang terug uit België.'

'Jij had toen een mooie vrouw bij je. Zie je die nog?'

'Gerda. Ja, daar ben ik zelfs mee getrouwd.'

'Getrouwd? Dat heb je me nooit geschreven. Waarom niet? Ik had je *best man* kunnen zijn.'

Ton had een Amerikaans accent gekregen en zijn directe

manier van vragen deed Richard ook Amerikaans aan.

'Ik weet niet. Misschien vond ik dat het niets met ons te maken had. Ik moet je wel de groeten van haar doen. Ze slaapt nog. Het is gisteravond laat geworden.'

'Mijn Joséphine, voor zolang als het duurt, slaapt ook nog. Haar beauty-sleep. Hebben jullie kinderen?'

Weer zo'n vraag.

'Nee.'

'Waarom niet?'

'Twee miskramen. En daarna ervan afgezien. Ga je nu vragen waarom ik dat ook niet heb geschreven?'

'Sorry. Bad manners.'

'Heb jij kinderen?'

'Nee. Ik houd van vrouwen, maar niet van verplichtingen. Zo is de aard van het beestje.'

Richard gaf hem zijn nieuwe boek.

'Ik weet niet of je nog Nederlands leest,' zei hij.

'Ik lees niet veel. Altijd maar schilderen. Maar dit zal ik zeker lezen.'

Hij bladerde het boek door en legde het weg.

'Eigenlijk weten we weinig meer van elkaar. Je hebt toch een huis in Cannes?' vroeg Richard. 'Of heb je dat niet meer? Je klinkt zo Amerikaans.'

'Ik kom daar minder en minder. Europa is zo ouderwets geworden, het loopt achter. En het grote geld zit in Amerika. Is er nog meer aan mij veranderd?'

'Je ziet er welvarend uit. Je hebt iets van een boeddha gekregen.'

'Dat is een compliment. Ik zou met schilderen kunnen ophouden en me als Zenmeester vestigen. Die doen het op het ogenblik goed in de States.'

'Ik kan me geen voorstelling maken van je leven in Amerika. Ga je alleen met miljonairs om?'

Ton grinnikte.

'Nu je het zegt: daar komt het wel op neer, ja. Miljonairs zijn de surrealisten van Amerika. Ze leven hun droom. Ze zijn vrij. Kijk je neer op rijkdom?'

'Ik vind het niet interessant.'

'Dat is zo Nederlands wat je nu zegt. In Nederland moeten rijke mensen gewone mensen zijn. Niet opvallen. Zuinig leven. Boterhammen met kaas en hagelslag eten. Doen alsof ze de eindjes aan elkaar moeten knopen. In een autootje zitten dat één op twintig rijdt, in plaats van in de mooiste wagen die geld kan kopen.'

'Dat vinden wij nouveau-riche gedrag. Protserig.'

'Dat is niet protserig. Dat is trots.'

'Misschien heb je gelijk,' zei Richard, die het gevoel had dat het gesprek een verkeerde wending nam.

'Je moet komen logeren bij mij. Je weet niet hoe mooi Nevada is. De woestijn en in de verte de mountains, steeds ander licht, steeds andere vormen. Cézanne would have loved it,' zei Ton. 'Ik heb een guesthouse, speciaal voor vrienden. Het is er heel stil. Je kunt er ongestoord schrijven. En er zijn veel mooie vrouwen die geïnteresseerd zijn in kunstenaars uit Europa. Maar ik vergeet dat je getrouwd bent. Neem Gerda mee. Ben je trouw?'

'Ja,' zei Richard. 'Al jaren. Jij?'

'Op mijn manier,' zei Ton. 'Ik blijf niet lang bij een vrouw. Maar zolang ik met haar ben ben ik haar trouw. Soms wel twee weken lang.'

Ze glimlachten naar elkaar.

'Well Rik, er is veel veranderd, maar we hebben het verleden. Ik denk er soms aan terug, hoe wij leefden in Parijs. De Place Monge. Dat kleine kamertje. Ik heb eens opgezocht wie die Monge eigenlijk was. Weet jij het?'

'Nee,' zei Richard, enigszins geërgerd. Nog iets dat Amerikaans aan Tovèr was geworden: die kennis van feitjes. Alsof het leven een quiz was.

'Een wiskundige die met Napoleon naar Egypte trok. En hij was een van de oprichters van de polytechnische school.'

'Goh.'

'Zulke dingen interesseerden ons toen niet. Elke dag liepen we door de rue Cujas. Enig idee wie dát was?'

Richard schudde zijn hoofd.

'Een rechtsgeleerde uit de zestiende eeuw. Lacépède? Rue Lacépède. Die was om de hoek.'

'Zeg het maar, Ton.'

'Bioloog. Achttiende eeuw. Als ons dat toen had geïnteresseerd, hadden we door een heel ander Parijs gelopen. Herinner je je nog dat je in de tuin van de polytechnische school een gedicht heb geschreven? Ik heb je toen nog getekend. Je zat op een bankje met een fles wijn naast je.'

'Clochard. Dat leek me het hoogste wat je bereiken kon. Los van alles.'

'Ja, maar dat was natuurlijk onzin. Armoede ketent je aan alles wat je niet hebt. Je bent geen moment meer vrij.'

'Ik droomde graag een eind weg,' zei Richard. 'Ik deed maar wat. Ik dacht dat het altijd zo zou duren. Jij wist precies wat je wilde. Je signeerde toen al als Tovèr.'

'Verstrijden kon niemand uitspreken.'

'Jij ging in de lounge van het Ritz zitten om er te tekenen.'

'Tot ze me vroegen om weg te gaan.'

'Ik durfde niet mee naar binnen. In zo'n leren fauteuil gaan zitten dichten, dat leek me niet overtuigend genoeg.'

'Ik hoopte er een rijke Amerikaanse weduwe te ontmoeten die me onder haar hoede zou nemen.'

'Dat heb je me nooit verteld.'

'Ik wist dat het toch nooit zou gebeuren.'

Alsnog voelde Richard zich een beetje verraden.

Een roeier trok zijn skiff met krachtige slagen door het water van de Amstel. Ze keken naar de roeier tot hij onder de brug was verdwenen. Toen bewoog er weer helemaal niets.

6

Toen hij zeventien jaar was schreef Richard Sanders zijn eerste gedicht. Het moest in de winter zijn geweest, want als hij aan die gebeurtenis terugdacht stond hij in zijn kamer op zolder en zag hij sneeuw op het raamkozijn en sneeuw op het platje onder het raam. Verderop boven de daken stak de spits van de Zuiderkerk uit, waaromheen meeuwen cirkelden. De lucht was grijsgeel en zwaar van meer sneeuw. Het moment was stil en roerloos.

Hij schreef het gedicht in zijn hoofd, terwijl hij naar buiten keek. Pas toen hij ging zitten, omdat hij de drang voelde om de woorden die in zijn hoofd waren ontstaan op te schrijven, drong het tot hem door dat hij een gedicht had geschreven. Hij las het gedicht over en besefte dat er iets belangrijks was gebeurd in zijn leven. Nog maar even tevoren was hij een op de middelbare school mislukte leerling geweest, die als hij aan zijn toekomst dacht een suizende leegte voor zich zag, maar nu zag hij plotseling zijn bestemming helder voor zich. Dichter. Misschien was hij het wel altijd geweest. Niemand had hem erom gevraagd, hij had er niet voor geleerd, zijn dichterschap was zomaar aan het daglicht gekomen als een kuiken uit een ei. Hij beefde van opwinding.

Die middag had hij een film gezien in een bioscoop op de Nieuwendijk, een Franse film-noir. Het verhaal viel nauwelijks na te vertellen, zo gecompliceerd was het, maar er was sprake geweest van een meisje dat verliefd werd op een jongen uit een misdadig milieu, een vader die advocaat was en haar de omgang met die jongen verbood, een moeder die altijd maar thee zat te drinken met andere deftige dames in haar salon, het meisje dat op een maanverlichte nacht zelfmoord pleegde door van een Seinebrug te springen, de vader die haar nasprong maar te laat was om haar te redden, de vader die zijn dode dochter de kade opsleepte en haar beweende, terwijl hij haar de natte haren uit het gezicht streek, de jongen uit het misdaadmilieu die een moordaanslag op de vader pleegde die mislukte, en ten slotte de vader die de jongen verdedigde.

Het beeld van de ontroostbare vader die het gezicht van zijn dode dochter streelde, had Richard tot tranen bewogen. Het was duidelijk dat het gedicht uit die ontroering ontstaan was. Maar hij voelde dat het, wonderlijk genoeg, ook met zijn moeder had te maken, terwijl het helemaal niet over haar ging. Het ging trouwens ook niet over het mooie Franse meisje, maar over een dode geranium die met sneeuw bedekt op het platje stond en een verre echo was van Willem Kloos' 'Ik ween om bloemen in de knop gebroken', een gedicht dat hij van de leraar Nederlands uit zijn hoofd had moeten leren, omdat hij niet oplette. Toch dacht Richard aan zijn moeder.

Was het de poëzie die dit bewerkstelligde of de oorspronkelijke ontroering? Er vielen nog vele geheimen te ontdekken. Een ervan was al duidelijk: een willekeurige lezer van het gedicht zou niet aan Richards moeder denken, tenzij hij haar gekend had en zelfs dan achtte Richard de kans daarop klein. Zijn moeder kwam niet in het gedicht voor. Was het een goed gedicht? Hij wist het niet. Durfde hij het aan iemand te laten lezen? Nee, voorlopig niet. Hij moest er meer schrijven. Eén gedicht maakt nog geen dichter, maar je moest ergens beginnen en dat was nu gebeurd.

Richard was zeven jaar toen zijn moeder om het leven kwam bij een auto-ongeluk. Nu, tien jaar later, herinnerde hij zich niet veel meer van zijn moeder, op zijn hoogst een geur, een warmte, een aanwezigheid in zijn leven die geen contouren kreeg, maar die toch sterk genoeg was om uit de woorden van zijn gedicht te voorschijn te komen.

Het auto-ongeluk was tot op de dag van vandaag gehuld in een sfeer van geheimzinnigheid. Richards vader sprak niet graag over zijn vrouw. Er hingen geen foto's van haar in huis. Uit losse opmerkingen en flarden van opgevangen gesprekken stelde Richard een verhaal samen dat hem aannemelijk leek. Zijn moeder was een jonge, aantrekkelijke vrouw geweest, door vele mannen begeerd. Kunstenaars en politici droegen haar op handen. Op openingen, premières en diners was zij altijd het stralende middelpunt. Tot in de vroege ochtenduren danste ze in de nachtcafés. Geen man slaagde erin haar aan zich te binden tot Richards vader op het toneel verscheen, letterlijk, de jonge, blondgelokte toneelspeler, natuurtalent, die met zijn Hamletvertolking alle nationale podia veroverde. Na hun huwelijk verdween ze uit het openbare leven, baarde een zoon, wijdde zich aan haar plichten als vrouw en moeder, begon een studie kunstgeschiedenis. Het sprookje leek uit. Nog even flakkerde het op toen ze de minnares werd van haar professor kunstgeschiedenis, een geslepen charmeur die veel van de late renaissance wist. Op een heldere dag, vroeg in de middag in zijn auto op weg naar een hotel vlak buiten de stad, knalden ze achter op een plotseling remmende vrachtauto en waren op slag dood. Niet alleen zij, maar ook het kind dat ze sinds twee maanden onder het hart droeg. Niemand zou ooit weten of het van haar man of van de kunstgeleerde was. In de traditie van het vak, die wilde dat de voorstelling altijd moest doorgaan, speelde Richards vader, briljanter dan ooit, diezelfde avond toch de hoofdrol in Albees *Wie is er bang voor Virginia Woolf?* Staande ovatie. Op de hoogte zijnde collega's die hem zwijgend omarmden achter het toneel, sommigen in tranen. De pas aangekomen actrice met wie hij een flirterige verhouding had hield zich op de achtergrond. De bloemen liet hij met een taxi naar het ziekenhuis brengen. Zo vond Richard het wel een mooi verhaal. Zelf speelde hij er geen rol in.

Voor Richards opvoeding werd vanaf die tijd gezorgd

door huishoudsters die hij tante moest noemen. Ze kwamen nooit op vertrouwelijke voet met hem, hoezeer ze ook hun best deden. Hij ontpopte zich als een verlegen, teruggetrokken jongetje dat maar liever geen aandacht kreeg. De huishoudsters bleven nooit lang. Stuk voor stuk kregen ze ruzie met Richards vader die geen keuze wist te maken tussen vlotte familiariteit of de beleefde afstandelijkheid van een goede werkgever. Meestal mompelde hij maar iets, waaruit ze opmaakten dat hij geen tijd had voor hun praatjes en dat hun inspanningen om een vervangende moeder te zijn voor zijn zoontje niet gewaardeerd werden. Sommigen koesterden misschien wel een geheime hoop op een huwelijk met de beroemde acteur. Ze kleedden zich verleidelijk en streelden Richards haar als zijn vader in de buurt was, wat hij niet vaak was. 's Ochtends sliep hij uit, 's middags repeteerde hij een nieuw stuk, 's avonds speelde hij. Op den duur wist Richard niet beter of het was heel gewoon om alleen op te groeien. Toen hij zijn puberteit inging besloot zijn vader dat het leven nu verder wel zonder huishoudsters geleid kon worden. Vader en zoon slaakten een zucht van opluchting toen dit besluit eenmaal gevallen was. De zoon zag de jaren van de grote vrijheid aanbreken waar hij zich veel van voorstelde, ook al werd er nu al nauwelijks op hem gelet. Maar de school bleef voorlopig een sta-in-de-weg.

Om de dag goed te beginnen stond Richards vader vroeg op, hoe laat hij de vorige nacht ook naar bed was gegaan, en zorgde voor hun ontbijt. Daarna ging Richard naar school. Dat deed hij trouw. Het duurde nog een tijd voor het tot hem doordrong dat hij ook níet naar school kon gaan. Soms maakte Richards vader een extra ontbijtje dat hij naar zijn slaapkamer bracht waar een vriendin lag, de vorige nacht na de voorstelling uit het toneelcafé meegenomen.

Veel contact hadden ze niet. Ze gingen behoedzaam met elkaar om, op het beleefde af – twee door het lot op elkaar aangewezen personen, de een niet geschikt voor het vaderschap, terwijl de ander zich nog maar nauwelijks realiseerde dat hij bestond en dat er met dat bestaan misschien iets te doen viel voor het alweer afgelopen zou zijn.

Toen Richard zijn eerste gedicht schreef had hij kort tevoren de schooldeuren definitief achter zich gesloten. De aan zijn vader gerichte brieven van school gooide hij ongeopend weg. Op het laatst kwamen die brieven niet meer. Pas maanden later kwam zijn vader erachter. Dat leidde tot een van de weinige gesprekken die ze ooit voerden.

'Maar wat wil je dan, als je niet meer naar school wilt?' riep zijn vader machteloos uit.

Richard haalde zijn schouders op.

'Je moet toch ergens van leven straks. Je verwacht toch niet dat je eindeloos op mijn zak kunt teren?'

'Het komt wel goed, pappa,' zei Richard.

'Hoezo: het komt wel goed? Je kunt niks, je weet niks, hoe verwacht je ooit een baan te vinden?'

‘Ik wil geen baan.’

‘Meneer wil geen baan. Meneer wil niet naar school. Meneer wil helemaal niks.’

‘Hoe ging dat bij u? U heeft uw school toch ook niet afgemaakt?’

‘Dat was heel wat anders. Ik wist al heel jong dat ik acteur wilde worden. Ik stond op mijn zestiende al op de planken. Ik was geroepen. Ben jij tot iets geroepen?’

‘Ik schrijf,’ bekende Richard. Het was voor het eerst dat hij deze woorden hardop uitsprak.

Zijn vader keek hem verbijsterd aan.

‘Je schrijft?’

‘Ja. Gedichten.’

‘Ik... je verrast me. Mag ik ze lezen?’

‘Nee. Ze zijn nog niet goed genoeg. Maar als u me niet gelooft...’ Richard ging de kamer uit en rende de trap op naar zijn kamer om het schoolschrift te pakken waarin hij zijn gedichten – het waren er zeventien nu, niet genoeg voor een bundel – in zijn netste handschrift had opgeschreven.

Terwijl hij het snel doorbladerde, hield hij zijn vader het schrift voor ogen, zodat die duidelijk kon zien dat het om gedichten ging. Zijn vader deed een greep naar het schrift, maar Richard was hem te snel af en verborg het schrift onder zijn jasje. Zijn vader lachte.

‘Ik zei niet dat ik je niet geloofde. Dus je wilt schrijver worden?’

‘Ja’ was niet het goede antwoord, niet zoals hij het voelde, sinds de sneeuwige dag dat hij het gedicht over de dode geranium had geschreven dat ook over zijn moeder ging.

'Ik wil geen schrijver worden, ik bén het,' zei Richard. 'Ik moet alleen nog beter worden.'

Zijn vader knikte, begon iets te zeggen, zweeg en legde toen zijn hand liefkozend in Richards nek.

'De kunst,' zei hij. 'Weet waar je aan begint. Het zal niet makkelijk zijn.'

Het klonk ongewoon plechtig. Nu drukte hij Richard aan zijn borst.

'De muze is een hardvochtige minnares. Je zult alles aan haar moeten opofferen.'

Zijn vader speelde een scène. Maar het was zijn eigen tekst en de woorden school en baan kwamen er niet in voor. Voortaan stelde hij Richard aan collega's en nieuwe vriendinnen voor als 'mijn zoon, de dichter'. Waar hij dan tot ergernis van Richard aan toevoegde: 'Wel op mijn kosten natuurlijk.'

De meeste avonden bracht Richard in een café door waar na het sluitingsuur jazzmusici speelden. Je kwam er niet makkelijk in, maar omdat hij de pianist kende die tot de vaste bezetting hoorde werd Richard altijd zonder moeite, met een herkennend knikje van de lange grijze Surinamer die de deur bewaakte, binnengelaten. Hij hoorde erbij. Hij groette de pianist die net als hij de middelbare school had verlaten. Tussen twee sets door kwam de pianist bij hem zitten en ze dronken een cola met een scheut jenever erin.

De pianist vertelde hoe de verwerkelijking van zijn droom, naar Parijs gaan met voldoende geld om het er een tijdje uit te houden, dichterbij kwam. Parijs was voor jazzmusici de place to be. Daar gebeurde het allemaal. De grote zwarte Amerikanen, die vaak in eigen land geen werk konden vinden, speelden er. In Parijs bestond het rassenprobleem niet. De held van de pianist, Bud Powell, was er elke avond te horen. Stel je voor: je loopt een kroeg binnen en daar zit Bud te spelen! Wow! De jazzscene in Nederland stelde niet veel voor. De pianist en zijn groep speelden de allernieuwste jazz en die viel in Holland niet aan de straatstenen te slijten. In het café schreef Richard een lang gedicht dat hij *Bopology* noemde. Hij liet het toen hij een beetje dronken was aan de pianist lezen. Die was onder de indruk. 'Yeah, baby, right on,' zei hij, enthousiast knikkend. Hij stelde Richard voor aan zijn vriendin, een dik, moederlijk meisje. 'Richard is dichter,' zei hij en het meisje leek onder de indruk. Richard groeide. De vriendinnen van de jazzmusici waren zonder uitzondering blond. Ze zaten vlak bij het kleine podium achter in het café en moedigden hun mannen met kleine gilletjes aan. Ze leken eerder op hun volgzaamheid gekozen dan op hun schoonheid. De musici gingen achteloos met hen om. Hun ware liefde lag bij de jazz.

Richard was nog maagd en hij zag uit naar het moment dat er aan deze toestand een einde zou komen. Maar dan zou hij eerst verliefd moeten worden of toch op zijn minst iets moeten voelen voor iemand. Sinds hij zichzelf uit de middelbare-schoolgemeenschap had verwijderd was hij niet meer verliefd geweest. En dat was een liefde op afstand; het object van zijn verering had er nooit van geweten. Aan naar bed gaan met iemand durfde hij toen nog helemaal niet te denken. Dat viel niet te rijmen met de verhevenheid van zijn gevoelens.

Als hij laat in de nacht van het jazzcafé naar huis liep kwam hij langs de Wallen. De grachten waren zo goed als verlaten, de meeste hoerenkamers donker, slechts achter een enkel raam brandde nog een lichtje. Aan het begin van de gracht nam hij zich voor daar naar binnen te gaan om een einde te maken aan zijn ongerepte status, maar als hij in de buurt van het raam kwam zonk hem steeds de moed in de schoenen. Terwijl hij een schichtige blik naar binnen wierp (blote dijen, rossig licht) versnelde hij zijn pas. Dit kon zo niet voortduren. Zijn seksuele verlangen dreigde zijn poëtische productie in de weg te gaan zitten. Door een ingreep van de vriendin van de pianist (zo bedoeld of niet, daar kwam hij nooit achter) kwam de penibele zaak tot een oplossing.

Op een avond had de vriendin van de pianist een vriendin meegenomen naar het jazzcafé. Ze was wat ouder dan Richard, maar veel kon het niet schelen.

'Richard, dit is Antoinette,' zei de vriendin van de pianist. 'Kunnen we erbij komen zitten of storen we?'

Richard schoof het kladblok opzij waarin hij zojuist een paar regels had geschreven die een solo van de saxofonist bij hem had wakker geroepen.

'En dit is Richard. Hij is een dichter.'

'Diekter?' herhaalde Antoinette. 'Dat is ienterressan.'

Ze had een Frans accent.

'Dan kent u natuurlijk de poëzie van Baudelaire? Rimbaud, Verlaine?'

Het was een trits namen waar Richard wel van gehoord had maar aan het lezen van hun poëzie was hij nog niet toegekomen. Hij besloot de waarheid te zeggen.

'Ik lees meer Nederlandse dichters op het ogenblik,' zei hij. 'Maar ik ga ze natuurlijk lezen. Ik bedoel Baudelaire en zo.'

'Wij leren dat op school,' zei Antoinette.

'Antoinette is in Parijs op school geweest,' lichtte de vriendin van de pianist hem in. 'Ze heeft een Franse moeder, maar ze wonen nu alweer een paar jaar in Nederland.'

'Leeft u van de poëzie?' vroeg Antoinette. Het was voor het eerst dat iemand u tegen hem zei.

'Nog niet,' zei Richard. 'Wil je je zeggen?'

Net als de vriendin van de pianist die naar haar plaats bij het podium was gegaan, was Antoinette klein van stuk. Ze had een rond gezicht, kortgeknipte bruine krullen, een mopsneus en dikke, naar buiten gestulpte lippen. Ze straalde opgewektheid en vrijmoedigheid uit en Richard vond haar enorm sexy. Het idee dat hij eerst verliefd op iemand zou moeten worden om pas daarna eventueel seksuele begeerte te voelen, verliet hem ter plekke. Moeiteloos deed hij afstand van zijn schroom en keek haar diep in de ogen. Zij beantwoordde zijn blik en het duurde een poosje voor hun ogen elkaar loslieten. Haar tong bevochtigde haar lippen. Richard keek duizelig toe. Ze droeg een zwart jurkje dat haar armen bloot liet. Hij zag wat donkere haartjes in de spleet van haar oksel. Zijn geslacht drong aan in zijn broek, maar hij zou nog geduld moeten hebben. En er was altijd nog de kans dat al die opwinding niet tot het gewenste resultaat zou leiden, want Françaises schenen geraffineerde flirts te zijn zonder dat het betekende dat ze ook met je naar bed gingen. Hoe hij aan die wijsheid kwam, wist hij niet. Het was een van die vaststaande meningen die in de noordelijke luchten rondzweefden.

Antoinette had een zomerbaantje bij het Frans verkeersbureau. In de herfst zou ze rechten gaan studeren in Amsterdam. Richard met zijn gemis aan eindexamen was onder de indruk.

'Waarom rechten?' vroeg hij.

'Handelsrecht,' specificeerde ze, terwijl Richard voorzichtig bezig was zijn been in de buurt van het hare te manoeuvreren. 'Dat wil mijn vader. Dan kan ik hem later bijstaan in de zaak.'

'Wat doet je vader?'

'Hij is wijnkoper.'

Nu voelde hij de warmte van een been, dat zich even later tegen het zijne aandrukte. Ze glimlachte naar hem.

'En als je het weten wilt, mijn moeder is mijn moeder. Ze vindt het vreselijk hier. Ze wil alleen maar terug naar

Frankrijk. Ik denk dat mijn ouders gaan scheiden.'

Bij deze ernstige mededeling overwoog hij zijn been terug te trekken, maar omdat zij het niet deed, deed hij het ook niet.

'Vind jij het ook vreselijk hier?'

'Nee. Het is zoveel vrijer. In Frankrijk is het leven benauwd en... stiekem. Is dat het goede woord? Stiekem?'

Richard knikte. Hij aarzelde even, boog zich toen naar haar over en kuste haar mond. Ze sloot haar ogen, fronste haar wenkbrauwen en zoog zijn tong naar binnen. Dat was een hete, zeg. Na een tijdje trok hij zijn tong, die pijn begon te doen, terug. Ze keken elkaar wazig aan. De muziek, die al die tijd had doorgespeeld zonder dat Richard zich ervan bewust was geweest, hield op. De pianist en zijn vriendin voegden zich bij hen.

'Ha, Netje,' zei de pianist. 'Ça va een beetje?'

Hij liet zijn hand over haar krullen gaan en Richard voelde een steek van jaloezie.

'Jawel, het gaat heel goed met mij,' zei Antoinette. Onder tafel kroop haar hand over Richards dij. De vriendin van de pianist glimlachte aan één stuk door. De pianist, die betaald werd in consumpties, zwaaide om een rondje. Richard verzekerde zich er van dat zijn kladblok er nog lag. Er was veel poëzie in hem aanwezig. Halve, soms hele zinnen streden in hem om de eer opgeschreven te worden, maar de hand van Antoinette die nu op zijn gulp lag en hem daar zachtjes kneedde maakte het bedrijven van de poëzie onmogelijk. Misschien ging het alleen maar hierom in het leven en was de kunst niet meer dan een helpster in nood. Maar misschien kon je het ook combineren. Hij dacht aan zijn vader en diens vele vriendinnen. Nu dreigden er ongelukken te gebeuren. Met een alleen voor haar bestemde verontschuldigende glimlach duwde hij haar hand weg. Betrok haar gezicht? Ze wendde zich tot de vriendin van de pianist en begon te praten over schoenen die ze zouden gaan kopen. Ze konden dat morgen doen, maar misschien kwam overmorgen beter uit. Er waren verschillende zaken waar ze naar toe konden gaan. Bij de een was het duurder dan bij de ander. In verwarring luisterde Richard toe. Hoe kon Antoinette zo snel overschakelen van passie naar prietpraat? De pianist vertelde, voor zijn doen opgewonden, dat de grote vernieuwer van de jazz, de trompettist Earl Mullins, beloofd had later in de nacht naar het café te komen, als zijn concert in Den Haag was afgelopen. Het zou best kunnen dat hij andere leden van zijn band meenam. Het café was bekend in de internationale jazzwereld. Gevolgd door zijn vriendin ging de pianist weer naar het podium.

'Blijf je nog lang hier?' vroeg Antoinette, toen ze weer alleen waren.

'Dat hangt ervan af,' zei Richard. 'Wil je niet op Earl Mullins wachten?'

'Ik moet werken morgen.'

'Zal ik je thuisbrengen?'

Ze knikte.

'Het is niet zo ver hier vandaan.'

Met hun armen om elkaars middel liepen ze over straat. Zo af en toe stopten ze om elkaar lang en uitputtend te kussen. Al spoedig proefde hij de lauwzoete smaak van bloed in zijn mond waar ze hem met haar spitse tanden gebeten had. Ze bewoonde de zolderverdieping in het huis van haar ouders. Met zijn schoenen in zijn hand sloop hij achter haar de trap op. Ze sloot de zolderdeur, pakte hem in het donker bij de hand en trok hem mee naar haar bed. Toen hij, na enig mistasten, in haar gleed en heen en weer begon te bewegen in het vochtige dat hem omklemde plantte Antoinette haar nagels in zijn rug.

'Au.'

'Ik kan het niet helpen,' hijgde ze. 'Ga door.'

'Niet zo met je nagels.'

'Ga alsjeblieft door.'

Weer die nagels. Zijn ontmaagding dreigde een pijnlijke te worden. Hij pakte haar handen en drukte ze tegen het bed. Ze schudde haar hoofd wild heen en weer op het kussen, terwijl hij met haar worstelde. Wat zijn we in godsnaam aan het doen? schoot het door hem heen. Gaat het altijd zo? Ze drukte haar onderlichaam hard tegen het zijne en even later voelde hij hoe haar lichaam zich ontspande en alles om hem heen warm en open en natter werd. Ze slaakte een paar diepe, huiverende zuchten. Toen was het alsof een klein tongetje binnen in haar aan het topje van zijn eikel likte. Snuivend, een en al zoet gevoel, liet hij zich in haar gaan.

'Heb ik je erg pijn gedaan?' vroeg Antoinette toen ze naast elkaar een sigaret lagen te roken.

'Ja, wel een beetje,' zei Richard.

'Laat je rug eens zien.'

Hij ging overeind zitten.

'Je bloedt.' Hij voelde haar tong over de nog naschrijnende schrammen gaan.

'Geeft niet,' zei hij, met zijn pas veroverde mannelijke zekerheid.

'Ik kan het niet helpen,' zei ze weer. 'Het gaat vanzelf.'

Toen ze wakker werden van haar wekker die afliep was het licht.

'Ik moet opstaan, anders kom ik te laat.'

'Nog even,' bedelde Richard. Hij pakte haar hand en bracht die naar zijn erectie. Ze slikte, maar bezweek niet.

'Ik ben de laatste tijd al een paar keer te laat gekomen en ik wil niet ontslagen worden.'

Diezelfde avond ging Richard weer met Antoinette naar bed. Toen ze in vaste slaap was verliet hij op zijn tenen haar huis. Hij bloedde waar ze haar tanden in zijn schouder had gezet tijdens het beleven van haar lust. Gingen alle vrouwen zo te keer? Hij kon het zich niet voorstellen. Hij had altijd gedacht dat seks zacht en liefdevol zou zijn, niet iets waarbij de een de ander verwondingen toebracht. Hoewel hij óók genoten had, vermoedde hij dat haar genot groter was geweest dan het zijne, dat hij had moeten bevechten.

Misschien moest hij haar maar even niet meer zien. Dit was hem allemaal iets te veel.

Toen hij midden in de nacht thuiskwam bleek daar een feest aan de gang te zijn. Hij probeerde zonder op te vallen zich een weg te banen door de pratende, drinkende en dansende menigte van toneelspelers en hun aanhang, maar zijn vader kreeg hem in de gaten en stentorde, met een machtige zwaai van zijn arm: 'Mijn zoon, de dichter!' 'En de neuker,' voegde Richard er inwendig aan toe, terwijl hij zich met een verontschuldigende glimlach aan het gezelschap onttrok. Maar aan de punchline van zijn vader ontsnapte hij niet: 'Wel op mijn kosten natuurlijk!' Veilig in zijn kamer aangekomen pakte hij zijn gedichten en las ze voor de zoveelste keer over. Ze bevielen hem niet meer. Met de ervaringen van het afgelopen etmaal nog vers in zijn geheugen kwamen ze hem armetierig voor... bloedeloos, dat was het woord. Dat moest voortaan anders. Het volle leven, waar hij nu weer meer van wist, zou er in moeten doorklinken. Hij kleedde zich uit en kroop in bed. Vlak voor hij in slaap viel kwam er uit het niets het beeld aangezeild van een stille landweg, aan weerskanten braakliggend land, aan de einder een lichtende stad.

Een tijd lang vermeed Richard het jazzcafé en leidde een deugdzaam leven. Hij richtte zich op de poëzie, las veel en schreef soms ook wat. In de bibliotheek van zijn vader vond hij de gedichten van Rimbaud, Verlaine en Baudelaire, waar hij met behulp van een woordenboek moedig aan begon. Hij trof er weinig in aan dat hij op het eerste gezicht herkende. Hij nam als vanzelfsprekend aan dat dat aan hem lag: zijn Frans was niet goed genoeg en hij was te ongeduldig. Hij was op zoek naar iets dat hij direct kon gebruiken, iets dat paste bij het beeld van de wereld dat zich langzaam in hem begon te vormen. Toen stuitte hij op de poëzie van een Antwerps dichter, Paul van Ostaijen. De vlam sloeg over, hij had gevonden wat hij zocht in die lang geleden geschreven gedichten die nog altijd fonkelnieuw waren – de woorden spatten van het muffig ruikende papier. Aan Antoinette dacht hij die dagen niet, nu ja, nauwelijks. Een keer, in plotselinge lust ontstoken door twee regels van Van Ostaijen – 'en je mond/ en je tanden bijten de slappe bloem' – liep hij naar het Frans verkeersbureau en stelde zich, half verscholen achter een boom, aan de overkant van de gracht op. Het was laat in de middag, de kantoren gingen uit. Antoinette kwam naar buiten. Ze zag er heel gewoontjes uit. Als hij in het jazzcafé niet aan haar was voorgesteld met alle gevolgen vandien, zou ze hem nooit zijn opgevallen. Door het water van haar gescheiden liep hij een eindje met haar op. Dikke benen had ze eigenlijk, van al die mensen op straat wist alleen hij wat ertussen zat. Wat zou hij doen? De brug die eraan kwam oversteken en haar 'bij toeval' ontmoeten? Het gaf hem het gevoel dat hij zich vrijwillig in gevangenschap zou begeven. Overdreef hij nu niet een beetje? Hij was met haar naar bed geweest, dat was alles. Er waren momenten geweest dat hij dat niet helemaal onverdeelde genoegen opnieuw wilde beleven (dat had hem ten slotte aan de overkant van het Frans verkeersbureau gebracht), maar nu liep hij alweer te twijfelen. Bij de brug sloeg ze een zijstraat in. Hij liep de brug op en keek haar na tot ze uit het zicht was verdwenen. Met een gevoel van opluchting zag hij haar gaan.

Een paar avonden later begon Richard het jazzcafé weer te bezoeken. De vriendin van de pianist kwam bij hem zitten.

'We hebben je gemist,' zei ze.

'Ik heb gewerkt.'

'Antoinette vroeg zich af waarom ze niets meer van je hoorde.'

'Werk,' herhaalde hij.

'Je had toch wel even kunnen bellen.'

Hij moest zich niet in het verdachtenbankje laten drukken. Hij was niemand iets verplicht. Waar bemoeide zij zich mee?

'Ik denk dat de ware liefde ontbrak,' zei hij. Waar haalde hij die ouwelijke zin vandaan? Alsof hij zijn eigen oom was. Op de vriendin van de pianist maakten de woorden echter indruk.

'Tja, dat kan,' zei ze nadenkend. 'Enfin, ze heeft alweer een ander, hoor.'

Dat trof Richard, ondanks zijn stoere houding, onaangenaam, maar hij liet er niets van merken.

Al een paar keer was hem iemand van zijn leeftijd opgevallen die laat in de nacht het café kwam binnenwandelen met een schetsblok onder zijn arm. Doorgaans posteerde hij zich dicht bij de musici, sloeg het schetsblok open en begon te tekenen. Dat hield hij uren vol. Richard ging een soort verbondenheid met hem voelen: ze waren hier allebei aan het werk, al kon hij dan niet urenlang achter elkaar schrijven. Hij was al blij als hij met een paar goede regels op zak naar huis ging, maar daar was hij toch ook een paar uur mee bezig geweest. Het meest wat hij schreef verwierp hij en dat gebeurde in zijn hoofd, zodat er ten slotte, anders dan bij de tekenaar, weinig op papier kwam. Op een avond kwamen de pianist, diens vriendin en de tekenaar bij Richard aan tafel zitten. De pianist, die de tekenaar had ontmoet op de Rijkstekenschool waar hij op een feest voor de muziek had gezorgd, stelde hen aan elkaar voor. 'Rik Sanders. Ton Verstrijden.' De tekenaar scheurde een tekening uit zijn schetsblok en liet die aan Richard zien. Richard zag een figuur aan een tafeltje met een pen in zijn hand en besefte dat hij die figuur was.

'Ik heb helemaal niet gemerkt dat je me tekende,' zei Richard.

'Hou hem maar,' zei Ton.

'Graag. Maar ik heb geen gedicht dat ik je terug kan geven.'

Ton liet de tekeningen zien die hij die avond had gemaakt van de jazzmusici in actie.

'Misschien kunnen we samen iets doen,' zei hij. 'Je zou gedichten kunnen schrijven bij mijn tekeningen. Jazzgedichten. En dan bieden we het geheel aan bij het New Jazzmagazine.'

'Fantastisch idee,' zei Richard enthousiast. 'Ken je daar iemand?'

'Nee. We sturen het gewoon op. Ze zouden wel gek zijn als ze het niet plaatsten.'

Daar had Richard een hard hoofd in. Alweer maanden geleden had hij een keuze uit zijn gedichten naar twee literaire tijdschriften gestuurd. Tot nu toe had hij van geen van beide een reactie gekregen. Briefjes (met postzegel voor antwoord bijgesloten) om zijn gedichten terug te krijgen werden niet beantwoord. Je zou bij zo'n blad iemand moeten kennen aan wie je je werk persoonlijk kon overhandigen. Misschien was hij te ongeduldig, maar hij zou zichzelf weleens in druk willen zien. Hij was trouwens niet de enige; zijn vader liet de laatste tijd doorschemeren dat hij langzamerhand baten wilde zien van de kosten die hij voor zijn zoon de dichter maakte. 'Ik onderhoud je nog tot het eind van het jaar. Daarna moet je op eigen benen staan. Je zoekt maar een baantje.' Het duurde nog wel even voor het winter was. Wie dan leeft, wie dan zorgt. Het idee van een baantje bezorgde Richard een gevoel van diepe afkeer. Je kon 's nachts post sorteren op het hoofdpostkantoor, vernam hij in zijn omgeving. Hij moest er niet aan denken. Er was maar één ding waarmee hij zijn geld wilde verdienen en dat was schrijven. Toen het jazzmagazine, op voorspraak van hun vriend de pianist, een tekening van Ton met een poëtisch tekstje van hem accepteerde, wist Richard dat hij de eerste schrede op de goede weg had gezet. Het honorarium was uiterst schraal, net genoeg voor een pakje sigaretten en één keer naar de bioscoop, maar het was op eigen kracht verdiend. En kort daarop kreeg hij eindelijk een brief van een literair tijdschrift dat drie gedichten van hem wilde plaatsen. Trots liet Richard de brief aan deze en gene zien en natuurlijk ook aan zijn vader, die daarop besloot tijd voor hem te nemen en Richard uitnodigde om die avond na de voorstelling met hem te souperen in Américain. 'En misschien mag ik nu eindelijk ook je gedichten lezen. Geef ze mee, dan lees ik ze in de pauze.' Richard zocht wat gedichten uit en gaf die mee aan zijn vader. Later op de avond haalde hij zijn vader af bij de artiesteningang van de schouwburg. Terwijl ze de straat overstaken om naar het tegenoverliggende Américain te gaan, sloeg de vader zijn arm om de schouders van zijn zoon. 'Ik ben trots op je,' zei hij. Aan tafel bestelde hij een fles champagne. Ze dronken op Richards toekomst als schrijver.

'Ik kan niet zeggen dat ik al je gedichten begrijp. Ik ben opgegroeid met Gorter en Leopold. Wat jij schrijft is heel anders, maar ik kan wel zien dat het poëzie is,' zei zijn vader. Hij sloot zijn ogen en droeg zachtjes een van Richards gedichten voor. Het was alsof hij het van binnen las. Richard werd ontroerd door zijn eigen gedicht. Het was veel mooier dan hij dacht; dat had natuurlijk te maken met het talent van zijn vader.

'Heeft u dat in de pauze uit uw hoofd geleerd?' vroeg hij bewonderend.

Zijn vader knikte. 'Dat is niet zo moeilijk, hoor.'

'Wat zijn nu je verdere plannen?' vroeg hij.

'Doorschrijven.'

'Dat begrijp ik. Met je leven, bedoel ik. Je hebt een paar liefdesgedichten geschreven. Heb je een vriendinnetje? Waarom ken ik haar niet?'

'Dat is alweer over.'

'Op jouw leeftijd was ik altijd verliefd. Ik ben bij het toneel gegaan omdat ik een meisje van de toneelschool had ontmoet. Nu ja, dat is niet helemaal waar. Dat was zonder haar ook wel gebeurd. Zonder vrouwen kan het leven niet. Maar als ik je één ding mag aanraden: hecht je niet te veel. Kunst is een heilige opdracht. Het overige valt erbij in het niet.'

Zo voelde Richard het ook.

'Ik wil naar Parijs,' zei hij. 'Met een vriend van me.'

'Ja,' zei zijn vader. 'En nu komt natuurlijk de vraag of ik je geld wil geven om naar Parijs te gaan. Heb ik gelijk?'

'Ja.'

'Het zou beter zijn als je het zelf verdiende. Financiële afhankelijkheid is de pest voor een kunstenaar.'

'Als ik de middelbare school had afgemaakt, dan zou ik

over een paar maanden waarschijnlijk student zijn. Dan was ik ook financieel afhankelijk van u,' sprak Richard uit wat hij een paar dagen tevoren had bedacht.

'Er zijn gevallen bekend van studenten die voor hun eigen levensonderhoud zorgen,' zei zijn vader met zware ironie.

'Door 's nachts post te sorteren?'

'Bijvoorbeeld. Waarom niet?'

'Pappa, dat zie ik me niet doen. Dan had ik net zo goed op school kunnen blijven.'

'Dat was sowieso beter geweest, denk je niet?'

'Nee, dat denk ik niet.'

Ze zwegen.

Geld was niet het gelukkigste onderwerp om met zijn vader over te praten, dacht Richard. Niet voor niets had hij triomfen gevierd in *De Vrek* van Molière. Zou hij dan toch werk moeten gaan zoeken? Alles in Richard verzette zich daartegen. In een werkkring moest je met mensen omgaan die aan kunst geen boodschap hadden, die het kunstenaarsschap als een afwijking zagen, iets dat hen bedreigde. Volgens Antoinette hadden de mensen in Frankrijk respect voor kunstenaars. Daar moest je hier niet om komen. Zijn vader zelf beweerde dat de meeste Hollanders toneelspelers nog altijd als kermisvolk zagen. Haal de was binnen: de komedianten komen.

'Die vriend van je met wie je naar Parijs wilt... wat doet die?' vroeg zijn vader.

'Hij tekent. Hij is heel goed,' zei Richard enthousiast. Hij begreep dat alle hoop nog niet verloren was. Zijn vader bood hem een opening. Stom dat hij het jazzmagazine niet had laten zien.

'We maken samen dingen.'

'Dingen?' vroeg zijn vader.

'Tekeningen met gedichten,' preciseerde Richard ongeduldig.

'Verdient je vriend... hoe heet hij?'

'Ton. Ton Verstrijden.'

'Verdient je vriend Ton zijn eigen geld?'

Daar begon-ie weer.

'Nee, nog niet. Hij krijgt een toelage van zijn ouders.'

'Het is maar makkelijk allemaal tegenwoordig,' zei Richards vader. 'Maar goed, ik zal erover nadenken.'

Een bewonderaar vervoegde zich bij hun tafeltje en vroeg Richards vader zijn programmaboekje te signeren. Die zette zijn handtekening, groot, vol zwierige krullen, in het boekje en schoof het toen door naar Richard.

'Ook de handtekening van mijn zoon, de dichter,' zei hij. 'Bewaar het goed. Later is dit programma goud waard.'

Richards en Tons vriend de pianist was hen voorgegaan naar Parijs. Niet alleen had hij er Bud Powell ontmoet, maar hij had er ook werk gevonden in een jazzclub. 'The chicks are great in Paris,' schreef hij. 'Jullie moeten komen. Verdoe je tijd niet in Amsterdam. Ik weet een kamer voor jullie in het 5de, de huur is niet hoog, maar jullie moeten wel snel zijn, anders is hij verhuurd aan een ander.'

De treinreis was duur, gezien het geld waar ze over beschikten. Ze hadden al besloten te gaan liften toen Richard op een ander idee kwam dat hij aarzelend en enigszins tegen zijn zin in naar voren bracht.

'Ik ken een meisje bij het Frans Verkeersbureau, als ze daar tenminste nog werkt. Ik heb haar al een tijdje niet meer gezien. Hoe dan ook, die vertelde dat het verkeersbureau busreizen naar Parijs organiseert en dat er soms plaatsen overschieten van passagiers die op het laatste moment afzeggen. Dan zouden we alleen de administratiekosten moeten betalen.'

'Eropaf,' zei Ton. 'Pak de telefoon.'

'Ik weet niet of ze me nog wil zien,' zei Richard.

'Je kunt het proberen.'

'Ik weet niet of ik haar nog wil zien.'

'Zo komen we nooit in Parijs.'

Richard overwon zijn aarzeling, haalde een paar keer diep adem, belde het verkeersbureau en vroeg naar Antoinette, half hopend dat ze er niet meer werkte. Zo erg was liften toch ook weer niet.

'Met Antoinette.'

Zodra hij haar stem hoorde voelde hij opwinding.

'Met Richard.'

'Richard? Dat is lang geleden. Waarom bel je?'

'Ik wil je spreken.'

'Wat een eer.'

‘Het is belangrijk. Ik heb veel aan je gedacht. Ik kan alles uitleggen.’

Met wonderlijk gemak rolden de door Richard nooit eerder gebruikte clichés uit zijn mond. Aan de andere kant van de lijn gingen ze erin als gesneden koek. Vroeg de volgende ochtend sloop hij, huid vol schrammen, stukgebeten onderlip en een schrijnend geslacht, Antoinettes huis uit. De straten waren nog leeg. De dag gloorde. Parijs, wij komen eraan!

7

Richard had Le Sélect dat volgestroomd was met lunchgasten verlaten en liep nu de in schaduw gehulde rue Delambre in. Hier was het eerste atelier van Tovèr geweest, maar hij wist niet in welk huis. De straat voerde omhoog naar de Boulevard Edgar Quinet, waar het zonnig was. De laatste kramen van de markt die er 's ochtends was gehouden werden afgebroken, een paar oude, kromgetrokken mensen tastten rond in de achtergelaten kratten, op zoek naar iets eetbaars. Het grootste deel van de middag scheidde hem nog van de afspraak met Tovèr en hij wist niet wat hij in die tijd zou doen. Hij had slecht geslapen; misschien moest hij teruggaan naar zijn hotel en daar op bed gaan liggen. Hij herinnerde zich het gesprek van de Nederlandse toeristen aan het ontbijt, hij had hun nog goede raad gegeven alsof hij een doorgewinterd kenner van Parijs was. In werkelijkheid had hij nooit bestaan in deze stad, besefte hij opeens scherp. Alleen zijn jeugd, die voorbij was, had hier kortstondig bestaan en zelfs dat was ongemerkt aan de stad voorbijgegaan. Misschien had hij er thuis kunnen horen als hij gebleven was, maar die kans had hij niet aangegrepen. Hij was een toerist onder de toeristen, die ten onrechte het gevoel had dat hij iets meer was dan een toerist. Misschien zat zijn hele leven wel zo in elkaar en schreef hij alleen maar om zichzelf te bewijzen dat hij iets meer was dan een mens als andere mensen, even reddeloos op aarde geworpen. Nu was hij in Parijs om een boekje dat 'De kunst van het vergeten' heette ten doop te houden, schamel bewijs van zijn bestaan, een zelf vervaardigd identiteitsbewijs waarmee hij zich door het leven smokkelde. Wat wilde hij eigenlijk vergeten? Dat hij geboren was? Al dat schrijven van hem was een laagje vernis. Als je de woorden wegkrabde bleef er niets over. Hij liep de boulevard af, richting rue du Départ, en passeerde een klein cabarettheater dat al bestond in de tijd dat Tovèr en hij in Parijs woonden. Op een van hun lange wandeltochten door de stad vonden ze een biljet van honderd franc voor de ingang van het theater. Het gebeurde op een broeierige zomeravond, het had geonweerd en daarna pijpenstelen geregend, nu was de stad fris en schoon alsof ze een nieuw leven was begonnen. Voorzichtig weekten ze het biljet los van het natte trottoir en legden het tussen de pagina's van Tovèrs tekenblok. Ze waren het er al snel over eens dat ze het hun in de schoot gevallen geld nog diezelfde avond moesten stukslaan. Teruggekeerd in hun quartier pikten ze op de Boulevard Saint-Michel twee Amerikaanse meisjes op, een actie waarbij Tovèr het voortouw nam, Richard was niet zo'n durfal. De meisjes volgden een zomercursus Frans aan de Sorbonne. Ze kwamen uit Rhode Island en hun ouders waren bevriend met Norman Mailer en kenden Jackson Pollock. Name-dropping ging Ruth en Miriam gemakkelijk af. Tovèr en Richard stelden er Picasso en Sartre tegenover. Ze namen de meisjes mee uit eten in een restaurant op de Place St-André-des-Arts en na het eten wandelden ze langs de Seine onder een schitterende sterrenhemel. De lucht was zoel en Ruth en Miriam lieten zich kussen en betasten, meer stonden ze niet toe. Ook een uitnodiging om mee te gaan naar Tovèr en Richards kamer sloegen ze af. Het was al laat. In het pensionaat waar ze waren ondergebracht werd er met smart op hen gewacht. Tovèr en Richard dwongen een afspraak af voor de volgende dag bij de vijver van het Luxembourg, maar de meisjes daagden niet op. Ze kwamen tot de conclusie dat Amerikaanse meisjes oppervlakkig en onbetrouwbaar waren.

Ten prooi aan lusteloze gedachten over de bruikbaarheid van zijn leven daalde Richard de rue du Départ af tot hij bij het metrostation Montparnasse-Bienvenue kwam op de Place du 18 Juin 1940. Hij klampte zich aan deze namen vast, opgenomen in een stroom van mensen die allemaal een doel hadden of leken te hebben en met wie hij zich op geen enkele manier kon vereenzelvigen. Alleen de letters van de straatnaambordjes verbonden hem nog met het bestaan. Hij kwam tot stilstand voor een kiosk tegenover het station en kocht Le Monde in een poging terug te keren naar de wereld waarin hij zich bevond. De president van Frankrijk lag overhoop met zijn eerste minister. Het systeem wankelde of zo deed men het voorkomen. In

Frankrijk wist je het nooit. Alles speelde zich achter de schermen af, wat in de openbaarheid kwam was nooit meer dan een halve waarheid. Liefhebbers van het politieke spel kwamen in Frankrijk ruimschoots aan hun trekken.

Wat nu? De Eiffeltoren dan maar, nu hij toch toerist was. Misschien had hij beter de Herald Tribune kunnen kopen of een Nederlandse krant, maar die verkochten ze niet bij deze kiosk. Hij bestudeerde de metrokaart. De halte Bir-Hakeim lag het dichtst bij de Eiffeltoren.

Zijn nieuwe rol als toerist vereiste aanpassing. Hij wou een eenvoudige onopvallende toerist zijn, dus kon hij beter niet Le Monde gaan zitten lezen in de trein, want dat zou aanstellerig kunnen overkomen, een toerist die Le Monde las. Een deel van de metrolijn liep bovengronds door de Boulevard de Grenelle. Hij keek geïnteresseerd naar buiten, anders dan zijn Franse medepassagiers voor wie de huizen van de boulevard oud nieuws waren en die een boek lazen of in gedachten verzonken voor zich uitstaarden. Richard was niet de enige toerist; in zijn buurt stond ook een groepje jongens en meisjes voorzien van rugzakjes en een fles water die ze aan elkaar doorgaven. Ze waren schaamteloos toerist, lachten veel en praatten luidruchtig met elkaar in een voor Richard onverstaanbaar Engels dialect. Ze waren jong en onbedorven, stelde hij zich voor, met enig heimwee naar zijn eigen jeugd, toen alles nog beginnen moest. Onbedorven was niet het juiste woord, onwetendheid of argeloosheid was meer op zijn plaats. En opeens was je oud en wist je de verkeerde dingen en was het onmogelijk geworden terug te keren naar je onvolwassenheid toen je nog van niets wist. De werkelijkheid bood geen oplossing; alleen in het schrijven kon hij op zijn schreden terugkeren, opnieuw beginnen, fouten herstellen of voorkomen. Hij kon een moeder langer laten leven, een vrouw in plaats van twee miskramen een gezonde baby bezorgen, een personage dat zich aan verlammend getob overgaf met een paar pennenstreken veranderen in het zonnetje in huis.

Op Bir-Hakeim stapte hij uit en liet zich tussen mensen gevat op de roltrap naar boven voeren, het daglicht tegemoet. De roltrap was breed en nog van hout, zoals vroeger. Voor hem stond een man met zwart naar achter gekamd haar en een net donkerbruin pak aan, die zich toen ze bijna boven waren plotseling bukte als om iets op te rapen en zich daarbij half naar Richard keerde. Richard botste tegen hem op. Van het ene moment op het andere ontstond er een opstopping. Mensen wrongen zich langs Richard heen. Terwijl hij achterover begon te vallen en de roltrap onder hem doorgleed, voelde hij de handen van de man met het nette donkerbruine pak vliegensvlug langs zijn lichaam glijden. Wild trappend naar zijn berover zette Richard het op een schreeuwen. 'Sodemieter op, klootzak!' riep hij, vertrouwend op de afschrikwaarde van de Nederlandse taal. De man aarzelde even (het leek wel of hij zijn excuses wilde aanbieden), rende toen weg. Iemand hielp Richard overeind, een ander reikte hem zijn portemonnee aan die de dief bij zijn vlucht had achtergelaten. Zijn geld zat er nog in. Al spoedig was de kleine menigte, die zich bekommerd en nieuwsgierig om Richard had gevormd, uiteengevallen en bleef hij alleen achter, zich verbazend over zijn voor zijn doen tamelijk kordate gedrag. In ieder geval had hij zich niet als een lammetje laten slachten. Hoorde hij eigenlijk niet te staan trillen op zijn benen? Het tegendeel was het geval. Hij had eerder het idee dat het voorval hem goed had gedaan. Het had hem hardhandig wakker geschud uit de morose gedachten waaraan hij zich even tevoren nog had overgegeven.

Monter liep hij over de Quai Branly in de richting van de Eiffeltoren. De slaap die hij de halve dag in zijn lichaam had gevoeld was verdreven. Parijs had hem even aangeraakt. Maar daarvoor moest je midden in Parijs zijn en niet erboven, merkte hij toen hij op de bovenste verdieping van de met zijn poten al meer dan een eeuw stevig in de aarde geplante toren stond. Het uitzicht was grandioos, maar hij wist niet wat hij ermee aan moest. Wat hem als enige boeide waren de schaduwen van de wolken die snel over de daken voorbijtrokken, steeds andere delen van de stad aan het licht brengend. Mensen waren van de hoogte waarop Richard zich bevond nauwelijks te ontwaren. Hij keek omhoog naar de zendmast die de top van de toren vormde en voelde zich duizelig worden. Hij zocht steun bij de balustrade. Om zich heen hoorde hij de stemmen van de andere toeristen: Engels, Japans, Duits, Zweeds en zo af en toe een mondje Frans. Met zijn eigen taal kon hij nergens terecht. Wilde je als Nederlander iets van de wereld meemaken, dan was je je hele leven gedwongen andere talen te spreken. Voor hij opnieuw werd opgeslokt door onvruchtbare gedachten daalde hij in de lift af naar de begane grond. Daar zag hij in de mensenmenigte aan de voet van de Eiffeltoren plotseling een bekend gezicht. Het was de Engelse schrijver die van zijn creditcard beroofd was. Met omhooggestoken paraplu leidde hij een groep volgzame Chinezen naar de loketten. Richard realiseerde zich met een schokje dat er nog maar nauwelijks een dag voorbij was sinds de lunch met Alain.

Het was nog altijd te vroeg om naar de galerie van Tovèr te gaan. Langs de Seinekade slenterde hij terug naar Bir-Hakeim. Op de rivier passeerde een plezierboot. Van het dek klonk accordeonmuziek. Hij stond stil en keek of hij de Nederlanders zag die hij 's ochtends aan het ontbijt had gesproken. Hij verlangde naar iets bekends, hoe ver ook van hem verwijderd. Bij de Pont de Bir-Hakeim ging hij een trap af naar de Allée des Cygnes, een in de Seine gelegen langwerpig eiland, door mensenhanden aangelegd. Aan het einde ervan stond een vergeleken bij het origineel tot menselijke proporties teruggebrachte replica van het Vrijheidsbeeld in New York, eens door Frankrijk aan Amerika geschonken. Deze kopie op verkleinde schaal was op zijn beurt een gift van de Franse kolonie in Amerika aan de stad Parijs. Richard vond het een wonderlijk geschenk; het had iets van een koekje van eigen deeg. Hadden ze niet beter een reusachtige indiaan kunnen sturen? Maar ook in hun nieuwe land zwoeren de Fransen kennelijk bij eigen deeg. Bij de Pont de Grenelle ging hij weer omhoog en liep langs de kade terug naar Bir-Hakeim.

Op een muur tegenover het metrostation was een gedenkplaat aangebracht. Hier (niet ver van het Vrijheidsbeeld) had de velodroom gestaan van waaruit tijdens de Tweede Wereldoorlog Franse joden werden weggevoerd naar het niets. Als om deze schuldige plek uit het geheugen van de stad te wissen was de wielerbaan na de oorlog afgebroken. De landen van Europa waren door zulke plekken met elkaar verbonden. In Amsterdam was de Hollandsche Schouwburg bewaard gebleven. Met Richard in haar kielzog ging Gerda er ieder jaar bloemen leggen, een eerbetoon aan haar grootmoeder die in een verzetsgroep had gezeten die kinderen uit de Schouwburg smokkelde.

Niet lang nadat hij uit Antwerpen was teruggekeerd naar Nederland en hij het onverwachte succes van zijn eerste roman beleefde, ontmoette Richard Sanders Gerda Stelbos. Het gebeurde tijdens een in die dagen bekend radioprogramma dat vanuit een café op het Rembrandtplein werd uitgezonden. Richard las er een fragment voor uit de roman die hij onder handen had en liet zich verleiden uitspraken te doen over zijn toekomst, die zich voor zover hij de toekomst kon voorspellen, zeker in Parijs zou afspelen. De interviewer speelde verbazing. Amerika begon in te raken, zijn omroep liet de godganse dag country-and-western horen, een beetje kunstenaar bereidde nu zijn reis naar New York voor.

'Parijs???'

'Jawel.'

'Het Franse sjansong, visnetten, kaarsen, stokbroden en alpinopetten?' zei de interviewer met nauwelijks verholen afschuw.

'Hollandse provincialen denken dat dat Parijs is. Ik heb nog nooit een visnet in Parijs gezien en alpinopetten worden alleen door de zwarte katholieke reactie gedragen en heel Amsterdam kun je opbergen in één arrondissement van Parijs,' zei Richard. 'Verder heb ik niets tegen het Franse chanson en zitten alle Amerikaanse jazzmusici die de moeite waard zijn in Parijs. Om maar iets te noemen.'

De interviewer leek niet overtuigd.

'Alles wat je tot nu toe geschreven hebt speelt zich af in Nederland. Zou je in Parijs je roots niet erg missen?'

'M'n wat?'

'Je roots. Je taal, het Nederlands.'

'Waarom zeg je "roots"?'

'Ik stel hier de vragen,' zei de interviewer. Hij klonk als een leraar die een scholier tot de orde riep.

En hij vervolgde: 'Dat boek van jou heeft succes, maar waar gaat het in jezusnaam over?'

'Heb je het gelezen?' vroeg Richard.

De interviewer pakte het boek dat voor hem op tafel lag, bladerde het bliksemsnel door en legde het met een klap terug op tafel.

'Ik heb het gelezen,' zei hij.

Het publiek dat de uitzending bijwoonde lachte. De interviewer keek grijnzend, om nog meer bijval vragend, om zich heen.

Het was voor Richard wel even wennen aan de nieuwe Nederlandse manier van interviewen. Hij dacht terug aan de paar interviews die hem in Antwerpen waren afgenomen – een bovenmoerdijkse schrijver die zich in Antwerpen vestigde was daar nieuws. De interviewers waren hoffelijk en hadden zijn werk gelezen en nodigden hem uit voor de lunch in een goed restaurant. Hier eiste de nieuwe trend in het interviewen dat de interviewer zijn slachtoffer met grote achterdocht bejegende en hem voortdurend op het verkeerde been probeerde te zetten. De geïnterviewde moest zich niets verbeelden omdat hij toevallig een boekie had geschreven. Hij was een noodzakelijk kwaad en zijn enige taak was aangever te zijn voor de interviewer. Als hij het vraaggesprek-nieuwe-stijl had overleefd kreeg hij een fles goedkope rode wijn mee naar huis die na lediging nog lang zou nabranden in zijn maag.

De interviewer was tot het inzicht gekomen dat er aan Richard verder weinig eer te behalen viel. 'Merci beaucoup, Richard Sanders, en doe vooral de groeten aan Maurice Chevalier,' kapte hij het gesprek af. Het publiek lachte opnieuw en het huisorkest zette een country-and-western in. Terwijl de muziek speelde kwam er een mooie jonge vrouw aan het tafeltje zitten dat zojuist door een lichtelijk verbijsterde Richard verlaten was. Ze had lang donker haar dat tot halverwege haar rug hing en had als haar gezicht in de ruststand was iets weg van de Mona Lisa: dezelfde kleine glimlach, die Richard later op sommige momenten ontzettend zou irriteren. Nu weerhield die glimlach hem ervan het radiocafé te verlaten omdat hij niet het idee had dat hij in dit programma verder iets te zoeken had. Zou de interviewer de moed hebben tegen een vrouw ook zo tekeer te gaan? Hij besloot nog te blijven. De muziek stopte, het publiek applaudisseerde en de interviewer hervatte zijn taak: de aandacht op zichzelf vestigen.

'Gerda Stelbos,' zei hij. 'Vertel 's, brand je ook van verlangen om naar Parijs te gaan, zoals onze beroemde schrijver?'

'Niet speciaal,' antwoordde Gerda. 'Er is hier genoeg te doen.'

'O ja? En wat dan wel?'

'Nou, zolang de positie van de vrouw...'

De interviewer onderbrak haar. Hij bestudeerde het omslag van een boekje dat voor hem lag.

'Ja, de positie van de vrouw. Laten we het daar eens over hebben. Ik heb hier je proefschrift.'

Met stijgende afkeer in zijn stem las hij de titel van het

proefschrift voor. '*De sterke kracht. Een onderzoek naar de positie van de vrouw in de tweede eeuwhelft*. Gatverdarrie, Gerda. Heeft een mooie meid als jij niet iets beters te doen dan dit soort dorre teksten af te scheiden?'

Gerda aarzelde even.

'Nee,' zei ze toen. 'Zolang er opgeblazen mannetjes als jij rondlopen heb ik niets beters te doen.'

Het publiek lachte nerveus.

'Vertel het opgeblazen mannetje dan maar van je onderzoek.'

Het publiek lachte opgelucht.

Gerda stak van wal. Terwijl ze vertelde hoe haar onderzoek bewijzen had geleverd dat de opmars van de vrouw naar maatschappelijke sleutelposities als een direct gevolg van '68 niet meer tegen te houden was en nu reeds zichtbaar, ook al was dit feit nog niet doorgedrongen tot de heren der schepping die zich hun oogkleppen niet snel lieten ontnemen, wendde de interviewer gretig knikkend aandacht voor, vertoonde toen tekenen van ongeduld, geeuwde luidruchtig, keek op zijn horloge en onderbrak Gerda ten slotte: 'Zo is het wel genoeg, pop. Genoeg emancipatie voor vandaag. Nu graag over je spannende liefdesleven. Welke man is de gelukkige? Of ben je van de damesliefde?'

'Is dat het enige wat je interesseert?'

'Ik stel hier de vragen.'

'Maar niet meer aan mij.'

En weg was ze.

Hoewel dit misschien niet het aangewezen ogenblik was, volgde Richard zijn mannelijk instinct en liep achter Gerda Stelbos aan het Rembrandtplein op.

'Neem me niet kwalijk maar...'

Ze keek verstoord opzij toen hij haar aansprak, herkende toen zijn gezicht.

'O, u bent het...'

'Richard,' zei Richard snel en stak zijn hand uit, die ze, na een korte overweging, schudde.

'Gerda.'

Beet!

'Goed dat je wegliep,' zei Richard. 'Daar kwam ik niet op.'

'Schandelijk zoals hij u behandelde...'

'Je. Zeg alsjeblieft je.'

'Okay, je. Zoals hij je behandelde. Toen had ik natuurlijk gewaarschuwd moeten zijn.'

'We laten ons humeur er niet door bederven,' zei Richard. 'Heb je even tijd? Mag ik je iets te drinken aanbieden?'

'Ach ja,' zei Gerda, zonder lang na te denken.

Zo begon hun verhouding, die een paar jaar later tot een huwelijk leidde.

Richard wist niet of hij eigenlijk wel getrouwd wilde zijn, maar hij kon er ook geen argumenten tegen bedenken. Een huwelijk was eigenlijk tegen de tijdgeest in. Je leefde samen. Je experimenteerde met 'samenlevingsvormen'. Met Richards schrijven ging het goed. Gerda werkte op het Stadhuis bij de sociale dienst. Ze konden goed met elkaar opschieten. Het was als vanzelfsprekend dat ze met elkaar leefden. Richard had zich nooit zoveel afgevraagd bij het woord 'liefde', maar wat zij meemaakten moest wel liefde zijn. Hij bevond zich er wel bij. Het was rustgevend om niet meer op jacht te hoeven gaan en bevorderlijk voor zijn werk, dat het steeds minder van romantische impulsen moest hebben. De Parijse droom raakte op de achtergrond, hoewel hij nooit helemaal uit zijn gedachten week en weer sterk opflakkerde toen Tovèr een bliksembezoek aan Amsterdam bracht, vlak nadat Richard Gerda had ontmoet.

Ze gingen met z'n drieën dineren in een restaurant bij het Museumplein. Tovèr was even tussen twee vriendinnen in, zoals hij zei. Hij was bezig uit Parijs te vertrekken naar een atelier in de Provence. Veel collega's verlieten Parijs. De stad raakte steeds meer in de greep van de politiek, aanslagen en arrestaties. Op straat werd je om de haverklap gecontroleerd als je er ook maar enigszins afwijkend uitzag. 'Weet je nog dat Spaanse anarchistische drukkertje tegenover ons? Die hebben ze vermoord in zijn zaak gevonden, een paar maanden geleden. Ze gooien de schuld op de Basken, maar iedereen weet dat de Franse geheime dienst erachter zit.' Het Parijse kunstleven lag stil. De plek om naar toe te gaan was natuurlijk New York. Daar ging het allemaal gebeuren. Richard kon het maar half geloven.

Hoe lang was het geleden dat Tovèr en hij in Parijs woonden? Zoveel kon er toch niet veranderd zijn. Misschien gold het voor beeldend kunstenaars en hun galeries, die zich graag in de buurt van het grote geld nestelden. Onzin, zei Tovèr, het ging om een nieuwe mentaliteit in de kunst, een nieuwe vitaliteit. In Frankrijk en dat kon je uitbreiden tot Europa lag alles op zijn gat. Men baadde er in een onvruchtbare zelfgenoegzaamheid. Richard deelde zijn overtuiging niet, maar het kon zijn dat deze dingen voor schrijvers anders lagen dan voor schilders.

Na het eten bestelden ze nog een fles wijn. Gerda, die weinig had gezegd, ging naar huis. 'Slaap je bij mij?' vroeg Richard. 'Je hebt de sleutel.' Maar ze ging naar haar eigen huis. 'Ik moet vroeg op.'

'Gefeliciteerd,' zei Tovèr toen ze alleen waren. 'Een mooie meid. Wat stilletjes. Wat doet ze precies?'

'Ze is net afgestudeerd. Politieke en sociale wetenschappen.'

Veel meer wist Richard er ook niet van. Politiek had maar tot op zekere hoogte zijn belangstelling. Natuurlijk was hij links, zoals de meeste mensen in zijn omgeving. Dat sprak vanzelf. Het was niet iets waar je over na hoefde te denken. Nadenken hoopte hij voor zijn schrijven te bewaren. Kunst was oneindig veel belangrijker, maar soms kon je je naam als kunstenaar inzetten voor de goede zaak. Dat moest je dan niet laten, zulke blijken van betrokkenheid bij het wel en wee van de maatschappij verstevigden je naam, zonder dat je er veel voor hoefde te doen. Het gaf je ook kortstondig het gevoel dat je iets had gedaan dat in ieder geval niet in het nadeel van de mensheid was. De tijd van de ivoren toren was voorbij. Het links-zijn was hem komen aanwaaien, niet met de paplepel ingegoten, zoals bij Gerda, die stamde uit een oud SDAP-geslacht. Richard kon zich niet herinneren dat zijn vader ooit met hem over politiek gesproken had. Als hij al een politiek standpunt zou hebben, dan was dat waarschijnlijk aan de conservatieve kant, zoals dat van het merendeel van zijn collega's. Uitgesproken linkse acteurs waren er maar weinig. Zijn vader was geabonneerd op Elsevier en op De Telegraaf; het ochtendblad was er altijd als de kippen bij met zijn recensies en toonde een wezenlijke interesse in de toneelwereld. Als het feest na de première nog in volle gang was werden de eerste exemplaren, nog nat van de drukinkt, al door een koerier bezorgd en konden de acteurs lezen hoe ze het er nog maar een paar uur eerder van af hadden gebracht.

Richard zag zijn vader niet vaak. Zijn leven was zo vervuld van zichzelf en zijn voorspoedige schrijverscarrière dat er weinig ruimte overbleef voor familiale verplichtingen. En de vader bleek ook niet te branden van verlangen om zijn zoon te zien. Hij had zich teruggetrokken van het toneel toen er een nieuwe generatie aan bod kwam die weinig eerbied had voor grote toneelspelers. De traditie waarin hij was grootgebracht werd niet meer bruikbaar bevonden en was als een oud decor in het museum opgeborgen. De tijd van de glorie en de feesten was voorbij. Zijn vader was snel oud geworden en leefde van een klein pensioen. Van zijn eens krachtige, mannelijke figuur, alleen maar geschikt voor hoofdrollen, was weinig over. Mager en gebogen en grijs schuifelde hij met behulp van een wandelstok over straat waar, anders dan vroeger, niemand hem herkende. Tijdens Richards schaarse bezoekjes straalde hij lusteloosheid en verbittering uit. Alles wat aan zijn roemruchte verleden als acteur herinnerde had hij uit huis verwijderd, zoals hij dat eens had gedaan met de foto's en japonnen van Richards moeder. Van een acteur bleef weinig over als hij niet meer op de planken stond. Voor gewoon mens had hij nooit geleerd. Om zijn zelfverkozen eenzaamheid enigszins draaglijk te maken had hij de hele dag de televisie aan staan, waar hij, ook als Richard op bezoek was, nauwelijks een oog van kon afhouden. Als hij sprak was het op schampere toon.

'Ik zag je in dat zogenaamde culturele programma,' zei hij.

'Hoe vond u het?'

'Duidelijk ar-ti-cul-le-ren heb je nog steeds niet geleerd. Trouwens, iedereen zat modern te mummelen. En waarom spreekt het vrouwelijk geslacht de ij consequent als aai uit?'

'En verder vond u niks?'

'Van niks kun je niks vinden.'

Richard zuchtte. Er was geen doorkomen aan. Zijn vader had zich dichtgemetseld in wrok en ontkenning. Eén keer nam hij Gerda mee, kort voor hun huwelijk, na lang aandringen van haar kant. 'Stelt u zich niets voor van dit bezoek, juffrouw Stelbos,' zei zijn vader bij de begroeting. 'Ik ben een oude man, der dagen zat.'

'Mijn ouders hebben u nog zien optreden.'

'Ach ja, das war einmal.'

Nadat ze een poosje onhandig bijeen hadden gezeten (Gerda had thee gezet) nam Richard Gerda mee naar boven om haar zijn jongenskamer te laten zien. Alles stond er nog zoals hij het eens had achtergelaten. Hier had hij zijn eerste gedicht geschreven en van meisjes gedroomd. Er was nog nooit een meisje op deze kamer geweest, besefte hij. Hij omhelsde Gerda in plotselinge opwinding en duwde haar met zachte drang in de richting van het bed.

'Nee,' zei Gerda. 'Niet hier.'

'Juist wel,' zei Richard terwijl hij onder haar rok haar billen streelde. 'Een beetje leven kan geen kwaad in dit huis.'

'Maar als je vader...'

'Die komt zijn stoel niet uit.'

Toen ze weer beneden kwamen zat Richards vader naar een voetbalwedstrijd te kijken en leek hen vergeten te hebben. Richard keek Gerda vragend aan. Ze knikte.

'Kan het geluid wat zachter?' vroeg Richard. 'We hebben u iets te vertellen. Gerda en ik gaan trouwen.'

'Trouwen? Is dat wel een goed idee? Hoe lang zijn jullie nu al bij elkaar?'

'Een jaar of drie.'

'Drie jaar. En dan opeens trouwen. Waarom?'

'Uit liefde,' zei Gerda.

'En het lijkt ons praktischer,' zei Richard. 'We willen kinderen.'

'Het huwelijk heeft mij alleen maar misère gebracht. Als je de raad van een oude man wilt: doe het niet. Dat bespaart jullie straks de moeite van het scheiden.'

'Je vader is ongelukkig,' zei Gerda toen ze weer buiten liepen. 'Hij ziet er slecht uit. Volgens mij is hij ziek.'

'Dat heeft hij dan aan zichzelf te wijten. Het is een gevoelloze, egocentrische klootzak. Gevoel had hij alleen op toneel. Dan wekte hij soms de indruk een echt mens te zijn.'

'Hij zou naar de psychiater moeten. En naar de dokter.'

'Dat doet hij nooit. Onwetendheid is zijn beste bescherming.'

Wat niet zo goed uitkwam was dat Richard, diep in zijn hart, zijn vaders scepsis tegenover het huwelijk deelde. Het leek zijn idee over vrijheid, over gaan en staan waar je wilt, te beperken. De egocentriciteit die hij zijn vader verweet was hem ook niet vreemd. Tegen Gerda had hij zijn twijfel nooit uitgesproken, omdat hij die als een tekortkoming van zichzelf zag. Het idee om te trouwen was van Gerda uitgegaan en dat had hem verrast. Hij had altijd gedacht dat het huwelijk de bevrijding van de vrouw in de weg stond, maar dat bleek in de geavanceerde kringen waarin Gerda zich bewoog alweer een achterhaald standpunt te zijn. Wilde je de vrouwenstrijd niet marginaliseren, dan moest je juist deelnemen aan wat de samenleving bood en de oude vormen niet slechten, maar nieuw leven inblazen.

Een paar weken na Gerda's installatie als lid van de gemeenteraad werden Richard en zij door de burgemeester in de echt verbonden. Er waren veel fotografen aanwezig want het was een huwelijk dat wel een plaatje waard was: Richard Sanders, de schrijver die landelijke bekendheid genoot en de knappe Gerda Stelbos, het jongste gemeenteraadslid van Nederland. Richard schoof zijn bedenkingen in het geheimste hoekje van zijn geest. Het huwelijk was, als je het ontdeed van zijn romantische franje, een puur administratieve handeling, een vermelding in de burgerlijke stand die de feiten van je leven bijhield, een kwestie van een paar handtekeningen, en voor signeersessies draaide hij, sinds schrijversroem op zijn weg was gekomen, zijn hand niet meer om. Maar tegelijkertijd was hij onder de indruk van het eeuwenoude cliché van de plechtigheid. Het deel van zijn wezen dat zich makkelijk liet ontroeren bleek ontvankelijk te zijn voor een begrip als 'in voor- en tegenspoed'. Terwijl ze elkaar kusten, zwoer Richard in stilte altijd bij Gerda te zullen blijven, wat er ook mocht gebeuren. Die eed, afgelegd met alleen zichzelf als getuige, leek hem meer bindend dan het jawoord dat zoeven nog uit zijn mond had geklonken.

In de jaren die volgden was het niet nodig zich zijn eed in herinnering te brengen. Er waren natuurlijk verleidingen en kortstondige affaires geweest. Zo had het enige tijd geduurd voor Gerda het oudere partijlid dat haar tijdens haar studie onder zijn hoede had genomen op een nette manier en zonder haar carrière schade te berokkenen van zich wist af te schudden. Er was ook het geval van het Italiaanse lid van het Europees Parlement dat een paar weken nadat Gerda een congres in Brussel had bijgewoond opeens onaangekondigd tot haar blozende ontsteltenis met een bos tulpen in zijn hand voor hun deur stond. Ze hadden hem mee uit eten genomen. Met Richard als hinderlijke getuige erbij wilde het gesprek niet echt op gang komen. Daarna bezochten ze op verzoek van de Italiaan een coffeeshop, waar hij veel te gulzig een joint rookte. Lijkbleek en misselijk leverden ze hem af bij zijn hotel.

'Weinig gewend, die Giuseppe van je,' zei Richard.

'Het is mijn Giuseppe niet.'

'Kom, je wilt toch niet zeggen dat jullie niet naar bed zijn geweest?'

Gerda zweeg. Na elkaar een paar dagen uit de weg te zijn gegaan was de bui overgedreven.

Tot Richards tevredenheid had Gerda's slippertje in Brussel een lichtelijk ridicuul einde gekregen. Lastiger om vanaf te komen was haar vriendinschap met Titia, een radikalinski die zich Tinus liet noemen. Ze was een van de getuigen op hun huwelijk. Terwijl Tinus, een rijzige blondine met een enorme boezem, die zich kleedde als een automonteur, haar handtekening zette, drupten de tranen uit haar grote blauwe ogen.

'Waarom heb je haar als getuige gevraagd?' vroeg Richard toen ze de ochtend na hun huwelijk in bed lagen en de gebeurtenissen van de vorige dag bespraken. 'Een sadistisch trekje in je?'

'Ze wilde het zelf. En ze is mijn beste vriendin.'

'Heb je met haar geslapen?'

'Daar gaat het niet om. Heb jij met je beste vriend geslapen?'

'Wie is mijn beste vriend?'

'Nou, die Tovèr.'

'Het idee alleen al.'

'Waarom heb je hem niet geschreven dat we trouwden? Schaamde je je?'

Richard dacht na. Waarom had hij zijn oudste vriend niet geschreven? Hij had hem kunnen vragen getuige te zijn. Iets in hem waar hij moeilijk de vinger op kon leggen had hem ervan weerhouden. Misschien wilde hij hun vriendschap bewaren zoals hij was geweest in Parijs, jong, intens, niet door het verloop van de jaren aangetast. Hij besefte dat de herinnering aan die tijd nog altijd zijn motor was, een motor waarin geen vuiltje mocht komen.

'Ik weet het niet. Ik heb het gevoel dat hij hier niets mee te maken heeft. En jij mag hem niet.'

'Ik ken hem nauwelijks. We hebben één keer met z'n drieën gegeten en toen had hij het alleen maar over zichzelf. Mij heeft hij niet bekeken. Volgens mij is hij bang voor vrouwen.'

‘Dat betwijfel ik. Hij heeft de ene vriendin na de andere.’

‘Daarom juist.’

‘Ik denk dat hij bang was om verliefd op je te worden.’

‘Ach, schei toch uit.’

‘Hij vond je heel mooi.’

‘Zei hij dat?’

‘Ja. Later, toen jij naar huis was.’

‘Het zal wel.’

‘Intussen heb je heel handig de aandacht van je Tinus afgeleid. Hoe gaat dat, likken jullie elkaar?’

‘Je wordt vervelend.’

‘Dat kan ik ook, hoor.’

Gerda weerde hem af.

‘Hou op, Richard. Dit is niet grappig.’

Na het huwelijk verwaterde Gerda’s vriendinschap met Tinus. Een paar maanden lang was het nog eens per maand Tinus’ avond in een café waar mannen niet welkom waren, tot Gerda een keer vroeger dan anders thuiskwam. Ze was stilletjes. Na lang aandringen vertelde ze Richard dat Tinus een einde had gemaakt aan hun omgang. Richard was opgelucht, maar ook een beetje beledigd. Het had natuurlijk andersom gemoeten.

‘Hoe durft ze! Waarom?’

‘Ze zegt dat ik burgerlijk ben geworden sinds ik jou ken.’

‘Burgerlijk! Wat een idioot achterhaald begrip. In welk verleden leeft dat mens.’

‘Laat nou maar.’

'Wat bedoelt ze met burgerlijk?'

'Een huisvrouwtje.'

'Was dat maar waar! Sorry, leuk bedoeld.'

'Ik heb haar verteld dat ik zwanger ben en dat trof haar nogal. Ze vroeg of het van jou was.'

'Rare vraag. Van wie anders?'

'Ik kreeg het idee dat ze het geaccepteerd zou hebben als het van iemand anders was. Dat had ze een onafhankelijke daad gevonden.'

'Die voor haar nog ruimte had overgelaten.'

'Zoiets, ja.'

Gerda's zwangerschap was van korte duur. Na een dag van hevige buikkrampen kwam het kind in aanleg eruit toen ze op de wc zat. De dokter zei dat zulke dingen gebeuren konden en dat er niets mis was met Gerda. De volgende keer moest ze het tijdens haar zwangerschap maar wat kalmer aan doen met haar werk. Maar toen de volgende keer, anderhalf jaar later, het weer zover was, gebeurde ongeveer hetzelfde, al was het dan niet op een wc, maar in een ziekenhuisbed, waar het kind werd weggehaald, omdat het het leven van de moeder bedreigde. Het was een jongetje. De dokter adviseerde geen pogingen tot gezinsvorming meer te ondernemen. Er volgden donkere, verdrietige maanden waarin hun huwelijk over de bodem schuurde. Gerda voelde zich mislukt en schuldig.

'Wat moet je met een vrouw die je geen kind kan geven? Ik voel me zo waardeloos.'

'Hou op. Ik geef om jou, niet om een niet-bestaand kind.'

Ze barstte in huilen uit. Hoewel hij het meende, begreep Richard dat zijn formulering enigszins aan de rauwe kant was. Gerda's verdriet ging nu juist wel om een niet-bestaand kind.

'Zo bedoelde ik het niet.'

Zo bedoelde hij het wel degelijk. En wat hij niet zei was nog veel erger en daar voelde hij zich op zijn beurt schuldig over. Hij hoefde niet erg diep in zichzelf te schouwen om te weten dat hij zich bevrijd voelde van een last: het vaderschap met alle verantwoordelijkheden die hij vast niet zou willen dragen. Een schrijver moest zich, zonder afgeleid te worden door bijzaken, alleen maar aan zijn schrijven kunnen wijden – een onuitstaanbaar, zelfgenoegzaam idee, maar daarom niet minder in hem levend.

Wel meer dan een jaar leefden ze op afstand van elkaar, alsof ze elkaar veel te verwijten hadden, maar hun liefde erbuiten wilden houden. Verwarrende emoties waar Richard geen wijs uit werd en die hij zoveel mogelijk terzijde schoof om de voortgang van zijn werk niet te belemmeren. Er was in die periode geen ochtend dat hij gelukkig opstond. In zijn dieptepunten voelde hij zich teruggeworpen in de somberste periode van zijn jeugd, toen hij er in zijn onvolwassenheid aan twijfelde of hij ooit contact met het leven zou krijgen en niet besefte dat hij zich sinds zijn geboorte midden in dat leven bevond.

Een paar keer ging hij vreemd, zoals dat heette. Richard

vond het een nare, platvloerse uitdrukking, want als het ging om wat je wel en wat je niet zegt kon hij behoorlijk kieskeurig zijn. Hij was geen jager, eerder buit.

Soms dreef het lot hem in een situatie waaruit de enige ontsnapping het bed leek te zijn. Zo overnachtte hij een keer bij de organisatrice van een schrijversfestival op het platteland. Zijn optreden was als laatste geprogrammeerd en de trein naar Amsterdam was allang vertrokken toen Richard zijn applaus in ontvangst nam.

'We kunnen een hotelkamer voor je regelen, maar je kunt ook bij ons logeren,' zei Henk-Jan, de man van de organisatrice, die de hele avond hand- en spandiensten had verricht.

'Ja toe, doe dat,' zei Marjet. 'Dan drinken we nog een glaasje. Dat is toch veel gezelliger dan zo'n hotelkamer. We hebben ruimte genoeg. De kinderen logeren bij hun oma en opa.'

Hoewel Richard logeren, zelfs bij goede vrienden, tot de onaangenamere gebeurtenissen van het leven rekende, kon hij niet de moed opbrengen het aanbod te weigeren.

Er gingen nog een paar bevriende echtparen mee naar het huis van Marjet en Henk-Jan, waar de flessen en glazen al klaar bleken te staan. Richard begreep dat er nog het een en ander van hem verwacht werd. Inwendig tegenstribbelend las hij op verzoek van Marjet een paar gedichten voor. Daarna schoot hem te binnen dat hij Gerda moest bellen om te zeggen dat hij niet thuiskwam. Toen dat gebeurd was gaf hij zich over aan de drank en liet zich uithoren over collega-schrijvers van hem. Men had de indruk dat in Amsterdam de schrijvers de deur bij elkaar plat liepen. Dat was niet het geval: ze ontmoetten elkaar voornamelijk bij dit soort gelegenheden, waarbij ze altijd vriendelijk met elkaar omgingen. De weinige schrijvers die naar de broekspijpen van andere schrijvers beten hadden hun toevlucht in het buitenland gezocht en trachtten op die manier contact te houden met het vaderland, waarvan ze nooit definitief afscheid hadden kunnen nemen, schudde Richard ter plekke uit zijn mouw. En anders dan men in de provincie dacht was de grachtengordel geen broeinest van gekuip en gekonkel, maar heerste er pais en vree en had men onderling veel waardering voor elkaar. Richard schepte veel plezier in het schetsen van deze rooskleurige stand van zaken in het Nederlandse literaire leven. Het ledigen van menig glas hielp hem daarbij.

Een van de echtparen was nog maar kort geleden in Parijs geweest – een zalige, blikverruimende belevenis.

'Daar heb jij toch ook gewoond, Richard?'

Jazeker, dat had hij.

'Lang?'

Hij maakte er een paar jaar van, genoeg om zich een kenner te mogen noemen. Als toerist zag je zo'n stad natuurlijk anders dan hij die ook de harde kanten van de Lichtstad had leren kennen. Maar hij had er geen dag van willen missen.

‘Het lijkt me zo’n inspirerende stad voor een schrijver.’

‘Inspiratie, wat dat ook mag betekenen, moet je in jezelf vinden,’ zei Richard, die nu in het stadium was gekomen waarin hij maar wat zei. ‘Maar ik ben van plan om er weer te gaan wonen. Daar kan niemand me van afhouden.’

En waarom ook niet? Niets stond hem in de weg om Gerda te verlaten en een nieuw leven te beginnen.

‘Als je dan maar niet zo zuur wordt als die andere schrijvers.’

Nee, dat lag niet in zijn aard.

Het was tegen drieën toen de genodigden vertrokken en hij achterbleef met Marjet en Henk-Jan.

‘Ik dacht dat ze nooit weggingen,’ zei Marjet. ‘Er gebeurt hier zo weinig, dat de mensen eindeloos blijven plakken.’

Richard ging naar de wc (‘Laatste deur rechts in de gang’), die vol kindertekeningen hing. Dat was hem in ieder geval bespaard gebleven, bedacht hij opgelucht.

Daarna dacht hij schuldig aan Gerda’s verdriet en overwon, diep door zijn neus ademhalend, een opkomende misselijkheid. Hij waste zijn gezicht en handen met koud water, spoelde zijn mond en ging terug naar de woonkamer. Hij dronk te veel de laatste tijd. Dat moest afgelopen zijn.

Alleen Marjet was nog in de woonkamer toen Richard terugkwam. Ze liep op hem af, drukte zich tegen hem aan en kuste hem op zijn mond.

‘Zo,’ zei ze. ‘Dat heb ik al de hele avond willen doen.’

‘Waar is je man?’ vroeg Richard toen ze hem losgelaten had. ‘Is hij al naar bed?’

‘Henk-Jan slaapt bij zijn vriend.’

‘O. Hoe bedoel je, zijn vriend?’

‘Zijn geliefde. We zijn niet helemaal achterlijk in de provincie,’ zei Marjet. ‘Waar wil je slapen? In de kinderkamer of bij mij?’

Op het gehoorzame af volgde Richard haar naar de echtelijke slaapkamer. Het zou beledigend zijn geweest als hij anders had gedaan.

Het verdriet sleet niet, maar drong zich na verloop van tijd niet meer voortdurend op de voorgrond. Het was alsof de miskramen hen hechter met elkaar verbonden dan kinderen zouden hebben gedaan. In Gerda’s en Richards leven liet de ene gebeurtenis zich weer moeiteloos verbinden met de andere, een ketting waaraan steeds een nieuw schakeltje werd toegevoegd – niet zo glanzend misschien, maar wel, zo leek het, van duurzaam materiaal.

8

Bij Bir-Hakeim stak Richard Sanders de Seine over. Er bleef nog genoeg tijd over om naar Galerie Delano te lopen. Maar aangekomen bij Palais de Chaillot was de vermoeidheid in zijn benen geslagen. Voor vandaag had hij genoeg gelopen. Hij daalde af in het metrostation Trocadéro, nu extra gespitst op de mogelijke aanwezigheid van zakkenrollers. Deze lijn vervoerde een welgestelder soort passagiers, wat niet betekende dat hij alleen de sjofele Noord-Afrikaanse types in de gaten moest houden. In Le Sélect had hij in de krant gelezen dat er dit jaar een golf van Zuid-Amerikaanse zakkenrollers werd verwacht. Die opereerden meestal in de betere buurten, waren goed gekleed en vaak vergezeld van een mooie vrouw die de aandacht van het toekomstige slachtoffer afleidde.

Toen hij twee haltes verder weer boven de grond kwam was hij nog altijd te vroeg voor zijn afspraak. Regen plaste neer op de Champs-Elysées en hij dook het eerste het beste café in waar hij staande aan de bar tussen de vaste klanten een cognac bestelde – niet de drank die je hier op dit uur van de dag tot je nam, maar hij had behoefte aan iets opwekkends. De routinegebaren van de barkeeper, het veilige geroezemoes van stemmen om zich heen riepen opnieuw het verlangen in hem wakker om, zoals vroeger, thuis te zijn in deze stad. Misschien had hij hier dan ook gestaan, snel een koffie of een demi gedronken, daarna weer de straat op om een paar boodschappen voor het avondeten te doen. Hij bewoonde een naar Parijse maatstaven gemeten ruim appartement in een rustige buurt met uitzicht op een jardin public. Hij had een vaste vriendenkring die hij trof in een stamcafé en een vriendin die een zelfstandig leven leidde en met wie hij niet samenwoonde, wat jonger dan hij, maar niet te veel. Terwijl hij nog een cognac bestelde, probeerde hij zich die vriendin voor te stellen en uit het betrekkelijke niets kwam hem het beeld van Sacha van Munster voor ogen, de enige vrouw die hij in de nog maar anderhalve dag dat hij hier was ontmoet had. Weer verplaatste hij zich naar Antwerpen en passeerden straten en situaties in snelle vogelvlucht de revue en nog altijd kon hij haar niet thuisbrengen. Richard begon te vermoeden dat er iets was gebeurd waarin hij geen goede rol had gespeeld en dat hij daarom diep in zijn geest had weggestopt. Hij keek op zijn horloge. Precies zes uur. Hij dronk zijn glas leeg, rekende af en ging naar buiten.

Galerie Delano besloeg de hele benedenverdieping van een herenhuis. Richard keek door het enorme raam dat een groot deel van de voorgevel in beslag nam naar binnen. Op het eerste gezicht deed de galerie denken aan een toonzaal voor modern meubilair. Boven de zitbanken van zwart leer en chroom en de zithoeken met fraai gevormde leunstoelen en lage stenen tafels waarop kunst- en interieurtijdschriften lagen, hingen Tovèrs schilderijen. Als je zo'n schilderij wilde kopen, ontkwam je er waarschijnlijk niet aan je ook een zitbank aan te schaffen, dacht Richard, of misschien was het andersom. De glazen toegangsdeur was gesloten. Na enig kloppen (een bel zag hij nergens) kwam er een lange vrouw met kunstig gekapt donkerrood piekhaar te voorschijn. Ze droeg een bril met vierkante glazen die bijna de helft van haar gezicht in beslag nam en was gekleed in een roze soepjurk die tot aan haar besandaalde voeten reikte. Door het glas van de deur heen keek ze hem wantrouwend aan. Ze opende de deur op een kier. 'On est fermé,' zei ze kortaf en wilde de deur weer sluiten.

'Ik heb een afspraak met meneer Tovèr,' zei Richard. 'Ik ben een vriend uit Nederland.'

Het gezicht ontdooide.

'Neem me niet kwalijk, kom binnen. We moeten hier zo oppassen.'

'Richard Sanders, ik...'

'Brigitte Danmark. U bent dus de auteur. Ik heb nog geen tijd gehad om uw boek te lezen, maar Alain was er erg enthousiast over. Het is een eer voor mij dat uw boek hier gepresenteerd zal worden.'

'Nee, nee,' weerde Richard af. 'Het is een eer voor mij. U bent werkelijk te goed.'

'Noem mij toch Brigitte. Wij doen hier niet aan plichtplegingen, tenzij ze niet te vermijden zijn. Zoals bij jouw ambassadeur, Richard. Dat is een hele stijve man. Ben jij ook een stijve man, Richard? Sta je erop dat ik je met u aanspreek?'

'Nee, alsjeblieft niet,' antwoordde Richard enigszins verbluft.

'Goed.'

Ze kwam dicht bij hem staan en streelde hem met een vinger over zijn wang. Richard kreeg het gevoel dat hij gekeurd werd. Onwillekeurig deed hij een pas achteruit.

'Niet weglopen, jij,' zei Brigitte. 'Ik hou van schrijvers. Ze zijn zo rustig en krachtig. Als vaders. Beloof me dat je me een keer je boek zult voorlezen, alleen met z'n tweeën.'

'Ik zal erover nadenken,' zei Richard met zijn aanminnigste glimlach. Ze pakte hem bij de hand en voerde hem mee naar een andere zaal. Onderweg hield ze stil voor één van Tovèrs weelderige naakten, deze met donkerrood haar, half opgeslokt door een vleesetende bloem. Ze keek Richard afwachtend aan.

'Mooi,' zei Richard.

'Dank je. En ik zweer je dat hij me niet geflatteerd heeft.'

In de andere zaal was Tovèr bezig om met behulp van een assistente, een schraal, bleek meisje met jeugdpuistjes, een groot schilderij op te hangen boven een chaise-longue van geperst karton. Het stelde een oerwoud voor. Aan de lianen slingerden blote mannen en vrouwen. Tovèrs werk was in de loop der jaren niet veranderd, stelde Richard vast. Het was alleen maar méér geworden. Hij herinnerde zich iets dat Tovèr hem had toevertrouwd, de laatste keer dat hij hem in Amsterdam zag. 'Jij wist meteen wat je wilde,' had Richard gezegd. 'Je signeerde van het begin af aan met Tovèr. Ik probeerde toen nog pseudoniemen uit.'

'Ik wilde rijk en beroemd worden. Zoals Picasso.'

'Dat is je gelukt. Je moet een tevreden mens zijn.'

'Tevreden?' Tovèr dacht na. 'Ik ben niet ongelukkig, als je dat bedoelt. Het is zoals het is. Ik heb bereikt wat ik wilde bereiken. Het is nu meer een kwestie geworden van dat in stand te houden. Soms verlang ik terug naar de jaren in Parijs toen alles nog moest beginnen. Ik heb het gevoel dat ik toen de kans heb gemist een echt groot kunstenaar te worden. Zoals Mondriaan. Dat is de grootste.'

'Veel mensen beschouwen je als een groot kunstenaar.'

'En jij?'

'Zo kijk je niet naar vrienden. Ik vind je erg goed.'

'Maar wat ik maak ligt je niet. Dat weet ik wel, het is niet erg. Kijk, ik ken een trucje en dat trucje ken ik heel goed. Dat ben ik nog altijd aan het vervolmaken en dat bevredigt me.'

'Ik ken ook een trucje, maar dat probeer ik altijd af te leren.'

'Waarom? Gebruik het.'

Het gesprek kwam gevaarlijk dichtbij, vond Richard toen. Er waren zaken die je onaangeroerd moest laten, wilde je ze niet stukredeneren. Hij leek op een smid die zijn geheim niet wilde kennen, uit angst dat hij er naast zou slaan als hij wist wat dat geheim was. Als hij er al over nadacht, dacht hij er zo over na. Maar de laatste jaren was hij zich gaan afvragen of er wel een geheim bestond van waaruit kunst gemaakt werd. Het woord geheim lag verdacht dicht in de buurt van het woord inspiratie en dat was een woord dat hem altijd een lichte huiver had bezorgd. Aannemelijker was dat het allemaal een kwestie was van zo hard mogelijk werken als je aard je toestond en erbij blijven met je hoofd. Waarschijnlijk was dat het enige geheim – hij hield een slag om de arm, anders werd het zo erg prozaïsch.

In de galerie omhelsden de vrienden elkaar onder het goedkeurend oog van Brigitte. Het meisje met de jeugdpuistjes bloosde diep toen ze aan Richard werd voorgesteld. Hij leed met haar mee.

'Well, daar ben je,' zei Tovèr. 'Goed om je weer te zien. Jij wordt maar niet ouder.'

Richard zag dat anders. Ze waren allebei hard op weg oude heren te worden, maar dit was niet het moment om daarover te gaan zeuren.

'Ik ga naar mijn kantoor. Komen jullie daar straks iets drinken?' zei Brigitte. Ze keek Richard betekenisvol aan voor ze hen alleen liet.

'Merkwaardige vrouw,' zei Richard.

'Dat kun je wel zeggen. We hebben er allemaal aan moeten geloven. Zelfs Irene,' zei Tovèr terwijl hij even zijn arm sloeg om de magere schouders van de bleke assistente, die opnieuw bloosde. 'Wees niet bang. Ze verstaat ons niet. Ze is Tsjechisch.'

'Brigitte liet me je schilderij van haar zien.'

'Onder die jurk verbergt ze een prachtig lichaam.'

'Ik begrijp het niet. Verkoopt ze dat schilderij? Wil ze het zelf niet houden?'

Tovèr grinnikte.

'Handel is handel. Brigitte is niet sentimenteel. Als je in bent voor a quick fuck zonder consequenties, dan kan ik je haar aanraden. Hoe vind je de tentoonstelling?'

'Goed. Je blijft jezelf.'

'Zullen we weer eens iets samen maken? Litho's van mij en teksten van jou? Ze zijn op voorhand al verkocht. Laten we het daar over hebben tijdens het diner. We eten straks toch samen?'

'Ik weet niet of het tropische regenwoud mijn onderwerp is.'

'Je bedenkt wel iets.'

Daar was Richard niet zeker van. Samen met een vriend iets maken was aantrekkelijk, maar het had veel eerder moeten gebeuren, in de tijd dat hun werk zijn eigen karakter nog moest vinden en hun jeugdig enthousiasme met gemak eventuele tegenstellingen overbrugde. Gevestigd als ze nu waren, viel er niets meer te veroveren. De enige drijfveer van het maken van zo'n lithomap zou geld zijn. Daar was niets op tegen, maar er was weinig avontuurlijks aan en Richard kon het nauwelijks als een late bezegeling van hun vroegere dagelijkse verbondenheid zien. Misschien was hij te zwaar op de hand en moest hij het gewoon doen, zonder er al te veel bij na te denken. Had hij in zijn leven niet alles gedaan zonder er al te veel bij na te denken en was dat al met al niet verwonderlijk goed gegaan?

In Brigittes kantoor hing een schilderij van Corneille: een vis en een poes en een naakt met donkerrood haar.

'Zo'n lieve man,' zei de galeriehoudster, terwijl ze wodka schonk en Irene rondging met een schaal blini's en een blik kaviaar. 'Hij begrijpt de vrouw. Ken je hem, Richard?' Voor hij kon antwoorden vervolgde ze: 'Alleen kunstenaars begrijpen de ziel van de vrouw in haar oneindig verlangen dat haakt naar de eeuwigheid. Zij hebben eenzelfde sensitiviteit, eenzelfde begeerte naar het ongebreidelde, de niet te beteugelen hartstocht, de onophoudelijke wens om het leven in al zijn facetten te verkennen. Ben je dat niet met me eens, Richard?'

'Let op je woorden,' zei Tovèr. 'Voor je het weet sleept ze je mee naar haar hol.'

'Wat zei jij, Tovèr, in dat harde onbegrijpelijke taaltje van je? Ik wil wedden dat het iets ondeugends was.'

'Ik prees je kwaliteiten, Brigitte.'

Richard voelde zich verzeild geraakt in een lompe klucht.

'Hoe ben je bij haar terechtgekomen?' vroeg hij Tovèr

toen ze later op de avond enigszins wankel van de wodka over de Pont de la Concorde liepen op weg naar het restaurant aan de Quai Voltaire. Het was nog een flink eind lopen en ze hadden beter een taxi kunnen nemen, maar de behoefte om uit te waaien was te groot geweest. En in hun armoedige dagen legden ze elke dag wel grotere afstanden af. Het had iets vertrouwds om zo samen met Tovèr door Parijs te lopen.

'Iedereen wil bij haar exposeren,' zei Tovèr. 'Ze vraagt prijzen die niemand anders durft te vragen en de mensen betalen ze nog ook.'

'Misschien slaapt ze ook met haar kopers.'

'Nee. Daar is ze heel streng in. Haar klanten zien het als een gunst dat ze iets van haar mogen kopen. Maar de meeste kunstenaars belanden bij haar in bed. Je moet het als een soort entreegeld zien. Het hoeft maar één keer. Er zijn erger dingen.'

'Is het beledigend als ik het niet doe?'

'Jij bent schrijver. Je behoort tot een categorie waar ze tegen opziet. Het zou natuurlijk wel gewaardeerd worden.'

Bij het restaurant gekomen wees Tovèr op het huis ernaast.

'Herinner je je dat huis nog?'

'Nee.'

'Muriël.'

'Muriël?'

'Ik weet zelfs haar achternaam nog. Muriël Lacaze,' zei

Tovèr toen ze aan tafel zaten en besteld hadden. 'We ontmoetten haar in het zwembad in de Seine.'

'Deligny. Ben ik nooit meer geweest. Wat is dat allemaal lang geleden.'

Bij die verzuchting werd Richard van het ene moment op het andere overspoeld door een golf van aan wanhoop grenzend verdriet. Hier in Parijs was hij gelukkig geweest, maar toen wist hij het niet en nu viel het niet meer te achterhalen. Nooit eerder had hij zo scherp gevoeld dat het verleden hem definitief ontglipt was en dat de gedachte eraan hem alleen maar pijn en geen vreugde meer bezorgde. De schok van dat plotseling klaarheldere besef drong de tranen naar zijn ogen. Wat deed hij hier? Wat deed hij waar dan ook in het leven? Hij zag de mond van zijn vriend bewegen, maar hoorde niet wat hij zei. De tijd leek stil te staan, verglaasd in een ogenblik dat hij niet gekozen had. Hij had zich vastgegrepen aan de leuningen van zijn stoel in een werktuiglijke poging te verhinderen dat hij in het niets zou verdwijnen. Langzaam verslapte zijn greep en kwam hij terug in de eenheid van plaats en tijd die de werkelijkheid was.

'Naar de film,' hoorde hij Tovèr zeggen. 'Weet je niet meer? Het was in de zomer, augustus, bloedheet. We hielden het niet meer uit op onze kamer en waren naar het zwembad gegaan en daar zagen we Muriël. Zo af en toe ging ze in het water, deed een paar slagen en klampte zich dan weer vast aan de rand en riep iets naar een groepje vrienden en vriendinnen dat langs de kant lag te praten.'

'Une bande de jeunes gens,' zei Richard. Hij had zijn ogen gesloten en trachtte zich het tafereel voor te stellen.

'Meer dan een paar slagen kon ze niet zwemmen,' vervolgde Tovèr. 'En ze hield haar hoofd hoog boven water, zodat haar haar niet nat zou worden. Ze had kortgeknipt zwart haar, een jongenskopje, zoals dat toen heette. Ze was klein en net zo jong als wij en volmaakt van vorm. Als ze het water weer uitging bleef ze even op het trapje staan als om zich te laten bewonderen. Een paar tellen bleven haar ogen op ons rusten. Ze zag ons en wij wisten niet wat ons overkwam.'

'Muriël,' zei Richard bij wie iets begon te schemeren. 'Zat ze niet op de filmschool?'

Tovèr knikte. 'Je herinnert het je.'

'Dit feitje schiet me te binnen. Maar verder...'

'Ze zat op de filmschool en ze wilde een documentaire maken over de arbeiders die in de voorsteden woonden. Het rauwe proletarische leven. Dat bestond toen nog. Maar dat wisten we toen nog niet. We wisten alleen maar dat we met haar naar bed wilden.'

'Met een meisje uit Parijs. Dan zouden we pas echt bij de stad horen.'

'Ik weet niet of dat zo leefde bij mij', zei Tovèr. 'In elk geval: ze nam afscheid van haar vrienden en wij gristen onze spullen bij elkaar en volgden haar. Op de kade spraken we haar aan.'

'Dat deed jij,' zei Richard. 'Ik was veel te bleu. Ik hield me op de achtergrond, half hopend dat er niets van kwam.'

'Zie je wel dat je het je herinnert.'

'Ik weet niet of ik het me herinner of dat het me logisch lijkt. Ik durfde weinig toen.'

'We gingen met haar naar de bioscoop. Daar zagen we een reprise van *Le di...*'

'*Le diable au corps.* Met Gérard Philipe en Micheline Presle. Een tragische liefdesgeschiedenis. Ik vond het de mooiste film die ik ooit had gezien. Misschien vind ik dat nog wel.'

'Je wéét het dus.'

'Ik herinner me de film. Voor films heb ik een goed geheugen.'

'Zo bleu was je overigens niet. Ze zat tussen ons in en ik streelde haar dijen tot ik opeens jouw hand ontmoette. Daar schrokken we allebei zo van dat we onze handen terugtrokken.'

'En zij legde ze weer terug,' zei Richard. 'Nu weet ik het weer. Hebben we die film niet een andere keer gezien? Ik kan me nauwelijks voorstellen dat we er aandacht voor hadden.'

'Toen konden we heel makkelijk twee dingen tegelijk doen,' zei Tovèr. 'Dat wordt steeds moeilijker.'

'Eten en praten lukt nog goed,' zei Richard.

Hij dacht aan Sacha van Munster. Misschien was er in Antwerpen iemand die getuige was geweest van hun omgang en die, net zoals Tovèr nu had gedaan, het spoor van het verleden voor hem weer zichtbaar kon maken. Dat hij zich niets meer van Sacha herinnerde, baarde hem grote zorgen. Het was fout, om het zo maar te noemen, en hij liet zich niet graag op foutjes betrappen. Ook al had hij voor zichzelf het magere excuus dat hij die Belgische jaren voornamelijk in halve dronkenschap had doorgebracht, toch nam dat niet weg dat het op zijn zachtst uitgedrukt onbeleefd was dat hij geen heugenis meer had van hun ontmoeting en wie weet wat er verder was gebeurd. Maar hoe kon hij teruggaan en het moment vinden dat weg was en zo zijn fout herstellen? Ook al zag hij haar nooit meer terug, aan hem zou het blijven knagen. Toen hij jonger was viel het vergeten hem niet moeilijk, maar ouder geworden, zou die ontmoeting in de regen voor het hotel hem de rest van zijn leven bijblijven. Er was niet voldoende tijd meer om die gebeurtenis voor het gemak maar te vergeten.

Na de film waren ze met Muriël meegegaan naar een groot appartement in het huis naast het restaurant waar Tovèr en hij nu zaten te eten. Het appartement behoorde toe aan haar ouders, die met vakantie waren. Door de spleten van de gesloten rolluiken viel zonlicht naar binnen. Het rook er naar Perzische tapijten en naar de in leer gebonden boeken die in de bibliotheek stonden. In de salon hingen schilderijen van Cézanne, Matisse en Picasso, in de gang een Van Dongen en een vroege boom van Mondriaan. En in de slaapkamer, waar ze al snel belandden, tekeningen van Cocteau en Foujita. Om de beurt vrijden ze met haar, loom en traag en druipend van het zweet. Van de schaamte die Tovèr en Richard 's ochtends bij het opstaan voor elkaar kenden was geen spoor terug te vinden.

Later zagen ze Muriël nog een keer bij de Mabillon op de Boulevard St-Germain. Ze was in het gezelschap van een oudere man met scherp gesneden gelaatstrekken en een woeste grijze haardos, een belangrijk kunstenaar ongetwijfeld. Toen ze haar in het voorbijgaan groetten, keek ze langs hen heen.

9

De nacht was nog jong toen hij terugkeerde in het hotel. Anders dan vroeger hadden Tovèr en hij niet de verleiding gevoeld na het eten nog de stad in te gaan. De tijd van het nachtbraken lag al jaren achter hen. Toch was Richard wel bereid geweest om, als Tovèr erop had aangedrongen, nog een paar oude plekken te bezoeken – als die überhaupt nog bestonden – maar op een vaag geformuleerd voorstel in die richting ging Tovèr tot zijn opluchting niet in. In de States, zo verklaarde hij, stond hij om vijf uur 's ochtends op en als hij om tien uur 's avonds naar bed ging was het laat. Na zijn opstaan deed hij evenveel push-ups als hij jaren telde, hij ontbeet stevig (niet zoals de Fransen doen) en ging dan aan het werk. Hij kon Richard één ding vertellen: Europa was niet goed voor de gezondheid. Met dat werelddeel zou het dan ook wel niets meer worden. Er was iets mis met de Europese genen. In stilte ergerde Richard zich aan deze praat. Hij vroeg zich af of de vriendschap, alleen op basis van een eens gedeeld verleden, nog wel te redden viel en of dat de moeite waard zou zijn. Hij vroeg of Tovèrs mening gedeeld werd door zijn nieuwe vriendin die immers Frans én Amerikaans was. Maar Janis had vanaf haar eerste jaar in New York gewoond en was Amerikaanser dan appeltaart.

‘Had ze niet met ons mee willen eten?’ vroeg Richard, een beetje aan de late kant.

‘Nee,’ zei Tovèr. ‘Dit is tussen vrienden. Dat begrijpt ze.’

‘Vreemd eigenlijk dat we elkaars liefdes niet of nauwelijks kennen.’

‘Is dat vreemd? Wanneer zien we elkaar ooit? Het was misschien anders geweest als je ooit de moeite had genomen mij op te zoeken. Waarom heb je dat niet gedaan?’

‘Het kwam nooit goed uit. En veel wijzer zou het me waarschijnlijk niet gemaakt hebben. Je hebt iedere keer een ander.’

‘Dat is waar,’ zei Tovèr tevreden.

In het hotel lagen twee boodschappen voor hem. Een was van Alain die hem vroeg om morgen als hij in de buurt was langs te komen, de ander van de hem onbekende directeur van het Nederlands Cultureel Instituut in Parijs, Ernst Louwerts, die hem, ook al de volgende dag, uitnodigde om met hem te lunchen. Twee vaste punten in de dag – het gaf enige stevigheid aan zijn verblijf.

Maar nu eerst Gerda bellen. Halféén, het kon nog. Ze ging nooit vroeg naar bed en anders werd ze maar wakker.

‘Richard! Ik dacht al, wanneer bel je?’

‘Mis je me nu al?’

‘Altijd. Hoe is het daar? Amuseer je je?’

Dat ‘altijd’ nam hij met een korreltje zout, want zijn ervaring was dat ze zich uitstekend zonder hem kon redden. Zodra hij haar stem hoorde miste hij haar en had hij het gevoel op de verkeerde plek te zitten. Hij was geen liefhebber van telefoongesprekken, je moest iemand kunnen zien en aanraken. Iets dat hij helemaal niet had willen vertellen, omdat hij het tot nu toe onbelangrijk had geacht, ontsnapte hem meteen aan het begin van het gesprek.

'Ik ben beroofd! Nou ja, ze hebben het geprobeerd.'

Hij deed verslag van zijn avontuur op de roltrap van Bir-Hakeim. Het leek al weer eeuwen geleden.

'Wees alsjeblieft voorzichtig.'

'Verder heb ik Alain gezien, die me in een televisieprogramma wil loodsen en ik heb net met Tovèr gegeten. Hij heeft overmorgen een opening en mijn boek wordt daar gepresenteerd.'

'O. Ik dacht dat je een aparte presentatie kreeg.'

'Alain was er nogal tevreden over. Tovèr is hier beroemd. Er staat een heel stuk over hem in de Paris-Match. Er zal veel pers zijn.'

Wat nog meer? Ja, Sacha. Het leek hem verstandiger om die ontmoeting voorlopig te verzwijgen. Wat zou hij ook moeten vertellen? Ik heb iemand ontmoet die ik vroeger gekend schijn te hebben, maar die ik me niet meer herinner. Dat was geen verhaal.

'En verder?'

'Verder niets. Ik ben hier pas anderhalve dag. Parijs is zwaar en in zichzelf gekeerd.'

'Toe maar.'

Terwijl ze spraken keek hij naar het behang dat lichtblauw en lichtgrijs gestreept was. De lamp op het tafeltje naast het bed wierp er via zijn kap een schaduw over waarvan de vorm deed denken aan het zeil van een schip. Een herinnering doemde in hem op: het strand, een hand hield zijn handje vast, die van zijn moeder, zijn vader liep de zee tegemoet, spreidde zijn armen en sprak op gedragen toon woorden uit, de zee, de zee... klotst voort in eindeloze deining, wist hij. Toen hij ouder was.

'En jij?' vroeg hij. 'Is er nog iets gebeurd?'

'Het gewone gedoe in de partij. Ze proberen elkaar allemaal beentje te lichten. De sfeer is om te snijden. Wim hult zich in een vervaarlijk zwijgen en ik houd me overal buiten, wat niet altijd makkelijk is.'

'Maar beter, als je ooit minister wilt worden.'

'Staatssecretaris. Meer zit er niet in. Maar laten we eerst de verkiezingen maar afwachten. De kiezer beslist.'

'Op die zin heb je geoefend.'

'Het is vreselijk. Soms kan ik geen gewoon woord meer zeggen. Nou liefje, heb het prettig en vergeet niet naar Amsterdam terug te komen. Hoe lang blijf je?'

'Hooguit een paar dagen. Ik bel je nog wel.'

In bed lag Richard wakker, hoewel hij moe genoeg was om meteen in slaap te vallen. Dat zijn vader hem zo onverwacht verschenen was had hem van zijn stuk gebracht. De gebeurtenis had een schuldgevoel in hem opgewekt, dat hij niet een-twee-drie uit zijn geest kon bannen. De laatste jaren van zijn vaders leven had hij hem weinig gezien. Bezoeken waren een corvee voor hem en hij had de indruk dat zijn vader hem ook liever zag gaan dan komen. Vragen die van belangstelling voor zijn wel en wee moesten getuigen stuitten af op grote onwelwillendheid om die te beantwoorden. Verbittering en onverschilligheid beheersten zijn vaders leven. Eens in de zoveel jaar kwam een krant of een radioprogramma erachter dat de voormalig grote toneelspeler nog in leven was, maar verzoeken om interviews sloeg hij af. Alles wat Richard van zijn vader ervoer droeg er niet toe bij de verhouding tot hem inniger te maken. Hij had het al spoedig opgegeven om te proberen daar verandering in te brengen. Te snel, dacht hij nu schuldig, maar hij had nooit goed geleerd wat familie was. Gezinsbanden, die veel mensen in zijn omgeving als vanzelfsprekend beschouwden, hadden hem nooit gebonden. 'Mijn zoon, de dichter,' had zijn vader gezegd; Richard had altijd de indruk gehad dat dat meer ironie dan trots was. Aan Gerda, die was opgegroeid in een hecht en naar haar zeggen gelukkig gezin, viel zijn kille houding niet uit te leggen. Het was dan ook Gerda die zich om zijn vader bekommerde en voor elkaar kreeg dat hij, toen hij zich ernstig begon te verwaarlozen, in een verzorgingstehuis werd opgenomen, waar ze hem plichtgetrouw bezocht. 'Ik geloof dat hij niet meer precies weet wie ik ben. Hij praat over je moeder, hoe die hem in de steek heeft gelaten.'

'Hij zal het er wel naar gemaakt hebben,' zei Richard.

'Wat schamper je toch altijd over hem. Je begint op hem

te lijken, maar van hem is het te begrijpen: hij is weerloos, het is zijn enige wapen.'

'Hij heeft zich nooit met mij bemoeid, alleen als hij er zelf eer mee kon inleggen. Moet ik me nu met hem bemoeien?'

'Hij is je vader en je gedraagt je als een kind.'

Bij de crematie 'in intieme kring' las Richard een gedicht voor waarin toch enige liefde doorklonk, maar die was hoogstwaarschijnlijk afgedwongen door de poëzie en de gelegenheid. Hij was nu wees geworden. Op zijn leeftijd was dat geen drama meer. Was hij nog een kind geweest, dan had hij er meer uit kunnen halen.

Na het ontbijt maakte Richard een wandeling door het Luxembourg. Het weer was helder en er was een begin van zachtheid in de lucht, die het voorjaar aankondigde. Er kwamen woorden in hem op uit een pril gedicht van een van zijn lievelingsschrijvers, *april in paris*, 'vaarwel dag grijze dagen tussen de pleistertonen o zang der parken' en 'wij zijn in dit wit en dagelijks Parijs, wij worden water en vloeien open' en hij voelde zich op een ouderwetse manier aangeraakt, nog niet door een eeltlaag van jarenlange dagelijkse ervaring gescheiden van de directe emotie. Er woelde grote poëzie in hem, die van hem eiste onmiddellijk opgeschreven te worden als hij er de woorden voor kon vinden.

Op dit ochtendlijke uur waren er nog weinig mensen in

het park, geen toeristen, geen studenten, alleen een enkeling die het park doorstak als snelste weg naar zijn bestemming in een andere wijk. Hij ging op een bankje zitten in de buurt van het beeld van Mendès France, de Franse staatsman die het Franse volk liefde voor melk had willen bijbrengen. Hij pakte zijn pen en zijn notitieboekje en wachtte af, maar de woorden wilden zich niet blootgeven. Ze bleven zich verbergen in een grijs tussengebied met oncontroleerbare grenzen. Vroeger zou hij fris van de lever hebben weggeschreven, maar dat kon hij nu niet meer. Hij wist te goed wat er in het schrijven mis kon gaan en die wetenschap had een verlammende uitwerking. Opwellingen van de ziel kon je niet zomaar in rauwe vorm noteren, er bleef niets van over, zoals je ook een droom niet na kon vertellen, elke nuance ging verloren en je hield slechts een schots en scheef in elkaar gestoken geraamte over van een verhaal waar niemand wijs uit kon worden en waar niemand belang in stelde. Wat verlangde Richard terug naar zijn jeugd, geliefde die onbereikbaar was geworden, en naar het Parijs zoals het zich toen aan hem voordeed – een stad die je, als je de kneepjes kende, in een handomdraai tot de jouwe zou kunnen maken. 'Parijs is zwaar en in zichzelf gekeerd,' had hij de vorige dag tegen Gerda gezegd, een buiten de gewone gespreksorde vallende zin, die nu – hij had het koud gekregen en liep terug naar de ingang van het park – zijn plaats vond. Bij de vijver kwam hem de eerste au-pair van de dag tegemoet, een lang meisje dat twee verwend geklede Franse kleuters in toom hield. Ze keek even naar hem. Was ze Hollands en had ze hem herkend? Maar ze liep door.

Aan het einde van de ochtend betrad hij het Nederlands Cultureel Instituut dat gevestigd was in een paleisachtig gebouw in een zijstraatje van de rue Saint-Antoine, een buurt waar kleine handwerkslieden zoals meubelmakers hun werkplaats hadden. Gaandeweg waren die aan het verdwijnen en maakten plaats voor antiquairs, boetieks en kleine restaurants. Tegenover het Instituut was een broodboetiek gekomen. Richard constateerde ernstige door te veel geld voor sommige mensen veroorzaakte verknussing. Het Instituut beleefde zijn laatste maanden op deze plek: de Nederlandse regering, als altijd op cultuur aan het bezuinigen, wilde de kosten niet langer opbrengen.

'Ik maak de verhuizing nog mee en daarna ga ik met pensioen,' zei Ernst Louwerts, een man van Richards leeftijd, elegant gekleed en met wat plukken grijs haar achter zijn oren. Hij sprak rap Nederlands waarin zo af en toe een licht Frans accent te bespeuren was.

'Ga je dan terug?' vroeg Richard.

'Naar Nederland? Nee, daar zou ik niet meer wennen. Ik denk dat ik gewoon hier blijf wonen. Dit is mijn stad geworden.'

Tijdens de lunch in een van de nieuwe kleine restaurants bekende hij niet erg op de hoogte te zijn van de ontwikkelingen van de Nederlandse literatuur.

'We zijn hier meer gericht op de schilderkunst en de architectuur. Dat zijn dingen die de Fransen aanspreken. Ik vrees dat ik wat de literatuur betreft ben blijven steken bij Bloem en Vestdijk.'

'Vestdijk,' knikte Richard bevestigend. 'Groot schrijver.'

'Ik heb begrepen dat de ambassadeur Tovèrs tentoonstelling opent en ook je boek presenteert. Wij hadden het graag hier gedaan, maar je uitgever heeft anders beslist. Houd je zelf een prevelementje?'

'Een prevelementje?'

'Ja, een kort woordje. Dat is misschien nuttig voor de pers, als die aanwezig is, je weet het hier nooit. Als je een Franse vertaling nodig hebt, dan kunnen wij daar voor zorgen, mits we de tekst morgenochtendvroeg krijgen. We hebben een kundige vertaalster die soms voor ons werkt. Sacha woont hier al jaren.'

'Sacha?' Richards hart sloeg een slag over.

'Sacha Lefort. Ken je haar?'

'Zo'n beetje. Ik ken haar van vroeger toen ze nog Sacha van Munster heette.'

'Dan kun je op de opening de kennismaking hernieuwen. Daar zal ze zeker zijn, met de rest van de Nederlandse kolonie.'

Voor sommige dingen hoefde je geen hand uit te steken, die regelden zich vanzelf.

Naast gespannen verwachting voelde Richard ook benauwdheid en een zekere irritatie. Het was alsof een geheimzinnige 'men' besluiten over zijn leven had genomen waarin hij pas nu gekend werd. In dit voor hem verborgen gehouden plan was voorzien in een ontmoeting in Antwerpen bij de Botanische tuin (niet erin – dit zou te zeer ingedruist hebben tegen zijn natuur die meer op het steen van een stad was gericht dan op planten, hoe bijzonder ook) en vervolgens vele jaren later een 'toevallig' treffen op de Place du Panthéon in de nabijheid van 'grote mannen', die anders dan bloeiende planten tot stof vergaan. Dat er een plan zou zijn was in strijd met Richards overtuiging dat mensen hun lot in eigen handen hielden. Je had de vrijheid om te kiezen wat je vergeten wilde. Van die vrijheid had hij om de een of andere reden gebruik gemaakt. Alleen dieren en planten konden niets vergeten.

Na de lunch liep hij terug naar de andere oever van de Seine. Voor de Pont de Sully, die over het Île Saint-Louis voerde, kwam hij langs een openbaar parkje waar onder een paar reusachtige platanen een kleine groep mensen zich overgaf aan tai-ji. De in elkaar overvloeiende bewegingen, uitgevoerd in het tempo van een vertraagde film, botsten met de nerveuze herrie van de stad, die na de lunch weer was opgestoken. Het was als het schrijven van een gedicht over stilte in een druk café. Intussen betrok de lucht en vielen de eerste regendruppels. Richard liep snel door, stak de Quai de la Tournelle over en nam op de Boulevard Saint-Germain een bus die hem in de buurt van Editions Mondial zou brengen. Het beeld van de tai-ji-adepten bleef nog even hangen. De regen viel nu met bakken uit de hemel, de busramen besloegen en boden geen uitzicht. Een bleke jongen met een pluizige baard en wilde ogen herhaalde steeds: 'Paris, connerie.' Het rijm scheen hem te bevallen. Hoewel de bus stampvol was bleef de plaats naast hem een paar haltes lang onbezet tot een in zwart leer verpakte zwaargebouwde man zuchtend naast hem neerplofte en hij zijn litanie afbrak. Even leek het heel stil geworden in de bus. Richard dacht zorgelijk aan zijn 'prevelementje'. Spreken in het openbaar en zeker voor de vuist weg en dan nog in een taal die de zijne niet was behoorde niet tot zijn sterkste verworvenheden. Moest hij van tevoren iets opschrijven? Maar dat kreeg hij nooit meer op tijd bij het Instituut en over Sacha's adres beschikte hij niet. Hij zou het maar van de omstandigheden laten afhangen.

'Het kan in ieder geval geen kwaad iets te zeggen. Anders krijgt je vriend Tovèr alle aandacht,' zei Alain even later.

Ze waren niet alleen in het uitgeverskantoor. Weggezakt in een diepe fauteuil zat Christopher Burns, die met enige moeite overeind was gekomen toen Richard binnenkwam en die geen aanstalten maakte om weg te gaan. Op het tafeltje voor hem stond een half leeggedronken fles wijn. Toen Alain met een excuserende blik in Richards richting zijn beide auteurs aan elkaar voorstelde zei hij: 'Ik hoop dat dear old Alain tegenover jou niet zo gierig is als tegenover mij.'

Alain keek getroffen, maar besloot de bitsige opmerking met een lach af te doen.

'Ik heb goede ervaringen,' zei Richard. 'Kan het zijn dat ik je gisteren bij de Eiffeltoren zag?'

'Eiffeltoren? Ah ja, met vrienden uit Hongkong. Culturele reis. Bezienswaardigheden. Gids. Chinezen zijn al even erg op de penning als onze uitgever. Just a joke, Alain, ik bedoel het goed.'

Hij schonk zich nog een glas vol, dronk dat in één teug leeg en leek toen in slaap te vallen.

'Wat Pivot betreft, dat gaat niet door,' zei Alain. 'Maar hij heeft beloofd om aan het eind van zijn programma je boek voor de camera te laten zien. Dat is al heel wat. En Le Parisien wijdt een stukje aan je. Met foto. En wat heb ik verder nog voor goed nieuws? O ja, de FNAC heeft vijftig exemplaren besteld. Het is een begin.'

Vanuit de fauteuil werd gesnurk hoorbaar.

'Ik ben zo dom geweest hem gisteren geld te geven voor de terugreis naar Engeland, maar natuurlijk is hij meteen het café ingedoken,' zei Alain hoofdschuddend. 'Als het zo doorgaat loopt het verkeerd met hem af.'

'Voel je je verantwoordelijk?'

'Dat is de kracht van drinkebroers. Je gaat je verantwoordelijk voor hen voelen. En ik heb er belang bij dat het goed met hem gaat. Hij heeft veel talent, maar mist zelfvertrouwen.'

'Zijn er in Engeland geen mensen die hem in de gaten

kunnen houden? Familie, vrienden?'

Het snurken hield abrupt op.

'Bloody bourgeois bastards,' klonk het vanuit de fauteuil. Christopher Burns trachtte overeind te komen. 'Ze zien me liever stikken in mijn eigen braaksel.'

Even stond hij wankel op zijn benen, greep terwijl hij een poging deed zijn evenwicht te bewaren naar de fles en viel toen over het tafeltje heen. Ze sjorden hem omhoog.

'Awfully sorry.'

'Hij kan zo de straat niet op,' zei Alain. 'We brengen hem naar het magazijn. Daar kan hij zijn roes uitslapen.'

'Als hem dat ooit nog lukt.'

'Ik krijg zojuist een idee,' zei Alain toen ze weer terug gekeerd waren in het kantoor. 'Maar eerst dit.'

Hij ontkurkte een fles wijn en ze dronken een glas – twee mannen die dit rustig konden doen, omdat ze volwassen waren en zichzelf wisten te beheersen.

'Het idee is het volgende. Dom dat ik er niet eerder op ben gekomen. Zou jij niet een bijdrage willen leveren aan mijn reeks *Un Amour à*? *Un Amour à Amsterdam* bijvoorbeeld. Amsterdam is populair bij de jonge mensen hier.'

'De coffeeshops. Daar ben ik te oud voor.'

'Het hoeft zich niet speciaal in dat milieu af te spelen. Waar het omgaat is dat het een sfeer van authenticiteit heeft. De schrijver heeft het zelf meegemaakt.'

'Het is te dichtbij. Dan zou ik over mijn vrouw moeten schrijven.'

'Het hoeft geen diepe liefde te zijn. Een kortstondige affaire. Een ontmoeting in het Van Goghmuseum.'

'Hoe leg ik dat thuis uit?'

'Maak mij niet wijs dat je vrouw niet weet wat fictie is.'

'Het is moeilijk om je eigen stad met nieuwe ogen te zien,' zei Richard. Hij speelde met de gedachte. Misschien was de leeftijd wel aangebroken om met een zekere virtuositeit wat kleine werkjes af te scheiden. Hij week uit naar een andere stad.

'*Un Amour à Anvers.* Wat vind je daarvan?'

'Zou kunnen, maar ik prefereer Amsterdam.'

Nu bleek dat Alain al een contract had klaarliggen. Er was een aantrekkelijk voorschot in vermeld.

'Je kunt het geld zo meekrijgen,' zei Alain.

'Ik zal erover nadenken,' zei Richard en zette het idee uit zijn hoofd.

Hij nam afscheid van Alain ('Vergeet Christopher niet!') en liep de namiddag in. De regen druppelde nog wat na. Onderweg naar het hotel ging hij een boekhandel in (zijn boek lag er nog niet) en kocht de nieuwe Modiano. Opnieuw bestormde hem het verlangen om erbij te horen. Was het een zwakte om ergens bij te willen horen? Hij liep door de nauwe rue de la Huchette en zag dat in het kleine theatertje in die straat nog altijd *De kale zangeres* van Ionesco op het programma stond. Destijds hadden Tovèr en hij een voorstelling gezien van het stuk dat met alle toneelregels brak en de Parijse kritiek verdeelde in heftige vooren tegenstanders. De kassa was open en hij kocht een kaartje voor later op de avond. In het hotel ging hij op bed liggen met de televisie aan. Terwijl hij in slaap sukkelde zag hij een reusachtig in een rotsachtig landschap oprijzend boeddhabeeld voor zich dat hem dreigde te overweldigen.

Halverwege de opvoering van *De kale zangeres* merkte hij dat hij aan andere dingen dacht. Het gevoel iets unieks mee te maken dat hij vroeger had gehad kwam geen moment terug. Het stuk was, ingehaald door de tijd, een stoffig curiosum geworden. De glans was eraf en dat gold waarschijnlijk ook voor hem, bedacht Richard gelaten.

10

De lucht boven Parijs was donker en dreigend, maar Galerie Delano baadde in het felle licht van buitenlampen. Hoewel Richard vroeg was stond er toch al een langzaam naar binnen schuifelende rij genodigden voor de deur. Hij voegde zich in de rij en werd prompt aangesproken door een met camera's omhangen Nederlandse fotograaf, die hem een keer thuis in Amsterdam gefotografeerd bleek te hebben.

'Niet voor de boekenkast,' herinnerde Richard zich in een vlaag van door de omstandigheden afgewongen helderheid: landgenoten ontmoetten elkaar in het buitenland.

'Dat is zo cliché,' herhaalde de fotograaf de woorden die Richard toen had gezegd. 'Hoe vond u het resultaat?'

'Heel goed,' zei Richard die eraan twijfelde of hij de foto's ooit onder ogen had gekregen. 'Ben je hier voor een krant?'

'Voor het Nationaal Persbureau. Ik maak een reportage over Nederlanders in Parijs. Tovèr en u mag ik natuurlijk niet missen.'

Nu verrees er een moeilijkheid in de gedaante van een kaalhoofdige, geüniformeerde beveiligingsbeambte, die een uitnodiging van Richard verlangde en die had hij niet. Na een paar pogingen wist Richard de aandacht te trekken van de galeriehoudster die achter de glazen deuren de gasten ontving. Even later was hij binnen.

'Mijn grote schrijver, mijn held,' zei Brigitte Danmark en drukte hem tegen zich aan. 'Denk erom, je gaat hier niet weg voor we een intiem gesprek hebben gehad.'

Ze keek hem met grote, warme ogen aan.

'Ik beloof het,' zei Richard. 'Waar is Tovèr?' Maar ze was al met een ander bezig.

Zijn intuïtie volgend liep hij naar het kantoortje waar hij Tovèr aantrof die geïnterviewd werd. De journalist keek verstoord om.

'Sorry. Ik zie je wel als je klaar bent.'

'Nee, nee, kom binnen. Dan kan hij jou ook meteen wat vragen stellen.'

De journalist bleek alleen in Tovèr geïnteresseerd en wie hij van de jetset kende. Dat hij schilderde was een gegeven, dat wist iedereen, daar hoefde verder niet op te worden ingegaan.

Gaandeweg vonden meer mensen de weg naar het kantoortje, onder wie Alain, gevolgd door Christopher Burns, die regelrecht op Brigittes drankkast afstevende en het op een drinken zette, daarin bijgestaan door leden van de Nederlandse schilderskolonie in Parijs. Dat zijn uitgever in gezelschap was van de zichzelf te gronde richtende Engelsman verbaasde Richard. Zou er iets zijn tussen die twee?

Van een van de Nederlandse schilders had hij jaren geleden een tentoonstelling geopend in Arnhem.

'Het is moeilijk hier de laatste tijd,' zei de schilder. 'Parijs ligt op zijn gat. Maar het is wel de enige stad om in te wonen. En mijn kinderen gaan hier op school.'

De gesprekken werden geanimeerder. Er klonk gelach, er brak een glas. Het gezelschap begon steeds meer te vergeten waarvoor het gekomen was, tot Brigitte haar hoofd om de hoek van de deur stak.

'De ambassadeur is er.'

Gedwee verlieten ze het kantoortje, Tovèr en Richard voorop. De galerie bleek intussen volgelopen te zijn. Met moeite baanden ze zich een weg door de menigte tot ze in een van de zalen de ambassadeur bereikt hadden, die hof hield voor een schilderij van Tovèr waarop twee vrouwen elkaar beminden in een woud van passiebloemen.

'Meneer Sanders,' zei de ambassadeur. 'Ik heb uw werk niet gelezen maar mijn vrouw is een groot bewonderaar. Helaas is ze verhinderd, het spijt haar ontzettend. Ik begrijp dat het de bedoeling is dat ik u een boek van uzelf overhandig?'

'Als u zo vriendelijk wilt zijn.'

'Natuurlijk, natuurlijk. Met plezier zelfs. Dat behoort tot de aangename taken van het ambt. Des te meer als het een landgenoot betreft die het, hoe zegt men dat tegenwoordig, gemaakt heeft in Parijs. Wel, ik geloof dat de tijd is aangebroken dat ik mijn prevelementje houd.'

Terwijl de ambassadeur geroutineerd via Deltawerken, Delfts blauw, tulpen, Vermeer en Van Dongen bij Tovèr terechtkwam, liet Richard zijn blik over de toehoorders dwalen, die zich in een halve kring om de ambassadeur, de schilder en de schrijver hadden geschaard. Hij kende er maar een paar van. Even bleven zijn ogen rusten op een vrouw die vooraan stond en die Janis moest zijn, Tovèrs vriendin. Ze had de huidskleur van haar opa, maar in het gezicht kon hij de trekken van haar oma herkennen.

Toen zag hij haar staan naar wie hij op zoek was, Sacha Lefort-van Munster, haar gezicht een en al beleefde aandacht voor de spreker. Ze werd geflankeerd door Ernst Louwerts en een jonge man (haar vriend, haar echtgenoot?) met een modieus punkerig kapsel, een zwarte hoornen bril op en een ring in een van zijn oren. Richard knikte Sacha toe, ze glimlachte terug, richtte toen haar aandacht weer op de ambassadeur die zei dat de rijke Nederlandse cultuur niet alleen grote schilders voortbracht, maar ook grote schrijvers van wie er een hier vanavond aanwezig was, misschien nog niet zo bekend in Frankrijk, maar dat zou spoedig veranderen als men zijn zojuist bij onze vriend Alain Mitron in Franse vertaling verschenen roman (Richard fronste zijn wenkbrauwen) *l'Art d'oublier* had gelezen. Even later stond Richard met zijn boek in de ene hand en een glas champagne in de andere. Er klonk applaus, het geroezemoes zwol weer aan en als hij al iets had moeten zeggen, dan was het daarvoor nu te laat. Hij ging op weg naar Sacha, maar voor hij haar kon bereiken werd hij vastgeklampt door Alain die hem voorstelde aan een klein miezerig mannetje met een schoolbrilletje en een gehoorapparaat in.

'Dit is Pierre Baudru, medewerker kunst van Paris-Dimanche,' zei Alain. 'Hij wil je een paar vragen stellen.'

Het zou de indruk kunnen wekken dat hij Sacha negeerde als hij nu niet naar haar toeging.

'Kan het misschien even wachten?'

Pierre Baudru keek op zijn horloge en trok een bedenkelijk gezicht. Alain leek ook niet blij met Richards verzoek om uitstel. De in het nauw gebrachte schrijver zag dat Sacha en haar vriend met de ambassadeur stonden te praten. Hij zwaaide met zijn arm om haar aandacht te trekken, maar ze merkte hem niet op. Het was als in een droom waarin het schip met de geliefde zich van de kade losmaakt, terwijl hij aan boord had moeten zijn.

'In 't kantoortje is het rustig,' zei Alain.

Richard hield niet van interviews. Ze kwamen altijd op het verkeerde moment en de interesse van de interviewer was zelden de zijne. Interviewers gingen ervan uit dat je zelf de beste bron van inlichtingen was over je werk of, erger nog, je persoon. Over je persoon was erg in de mode – klakkeloos werd aangenomen dat jij model had gestaan voor de hoofdpersoon in je boek. Dat zielige jongetje, die man met grootheidswaan, dat was jij; hoe had je dat boek anders kunnen schrijven? De interviewer, als vertegenwoordiger van de lezer, had eigenlijk een hekel aan fictie en aanvaardde niet dat alles uit de duim was gezogen – duimzuigerij was voor kleuters of voor oplichters. En dat de inlichtingen die de schrijver, na enig doorvragen, verschafte over bijvoorbeeld zijn laatste roman even onbetrouwbaar waren als de uitspraken van een waarzegger over de toekomst, was niemand bij te brengen. Zijn laatste roman, waar ging die ook alweer over? Ook op zijn werk, als het eenmaal voltooid was, paste Richard de kunst van het vergeten toe. Op welke pagina schreef ik dat dan? Gezamenlijk bladeren. O ja hier, tjee heb ik dat geschreven? Helemaal niet zo slecht. Hij wist niet meer van zijn werk dan een willekeurige lezer, misschien wel minder. Hij had geen overzicht, kende zijn boek alleen bij stukjes, de regels die hij dagelijks aan het geschrevene had toegevoegd. Hij las zijn werk pas als hij de drukproeven corrigeerde, gespitst op leestekens en woorden waar iets mis mee was, maar niet op het geheel. Als het boek uit was herlas hij het niet, omdat hij niet wilde blijven steken in wat achter hem lag. Nee, dat was te beredeneerd, beter was het om te zeggen dat hij niet durfde, bang om zwakke plekken aan te treffen, onzekerheid, nooit zou het iets worden met zijn schrijverij. Jaren nadat het verschenen was trok hij weleens een eigen boek uit de kast, diep in de nacht met een glas op, en las het als het ware voor het eerst. Soms viel het mee.

Pierre Baudru had nauwelijks vragen, bleek toen ze in het kantoortje zaten. Hij verontschuldigde zich ervoor dat hij niet erg op de hoogte was van de littérature flamande. Moest Richard Baudru corrigeren? Hij zag ervan af. Zo beschamend was het niet om tot de Vlaamse literatuur gerekend te worden, ook al was je Bataaf. 'Ik zal uw boek zeker lezen,' zei Baudru, terwijl hij het vluchtig doorbladerde. 'Mijn vriend Alain zegt dat het van hoge kwaliteit is. Misschien is het goed als wij na lezing een nader gesprek hebben op een rustiger plek.' Op de vraag of hij nog enige tijd in Parijs zou blijven, had Richard geen antwoord.

'Sacha Lefort,' zei Ernst Louwerts. 'Sacha, Richard Sanders. Maar jullie kennen elkaar, geloof ik?'

'Jawel, maar het is lang geleden,' zei Richard.

Hij voelde het bloed naar zijn hoofd stijgen – nog steeds wist hij weinig meer van haar dan haar naam – maar dat kon ook te wijten zijn aan de hitte die in de ruimte heerste en de champagne die steeds maar langskwam.

'Toen heette hij nog Rik,' zei Sacha. 'Hij was wild en onbesuisd.'

Ernst Louwerts glimlachte beleefd. Sacha sloeg een arm om het middel van haar metgezel met het modieuze kapsel en de ring in zijn oor.

'Bruno, mijn zoon,' zei ze.

'Enchanté.'

Richard en de jongeman drukten elkaar de hand. De zoon keek verveeld en hooghartig, alsof hij het moe was door zijn moeder aan onbekende Nederlanders te worden voorgesteld. Richard herkende die houding. Hij dacht terug aan zijn eigen jeugd, aan de momenten waarop zijn vader hem voorstelde ('mijn zoon, de dichter') aan theaterberoemdheden die hem onverschillig lieten en tegen wie hij niets te zeggen had en die tot een wereld behoorden die niet de zijne was, ook al wist hij nog niet welke wereld hem dan wel toebehoorde.

'Zo'n jonge moeder,' stuntelde Richard. Hij zocht naar woorden die een luchtige conversatie op gang zouden kunnen brengen, maar vond ze niet. In een pijnlijk zwijgen stonden ze even tegenover elkaar tot Sacha de stilte verbrak.

'Bruno studeert filosofie,' zei Sacha.

'Werkelijk?' zei Richard op geïnteresseerde toon. Bruno trok een gezicht alsof zijn moeder hem verraadde waar hij bij stond.

'En hij is de, hoe noem je dat, leadsinger van een rockgroep. Daar besteedt hij meer aandacht aan dan aan de studie, is het niet, Bruno?'

'Zo, zo, een rockgroep,' zei de grijsaard, die Richard heette.

Terwijl Sacha en Bruno Lefort en hij bij elkaar stonden – Ernst Louwerts was alweer bezig elders contacten te leggen – voelde Richard een angstige spanning waarvan hij de oorzaak niet wist, die in ieder geval niet viel toe te schrijven aan zijn gapend gebrek aan gespreksstof. Hij was zich bewust van de monsterende blik die Sacha beurtelings op hem en op haar zoon wierp – als een filmregisseur die zowel op de acteurs als op de camera een wakend oog hield. Het opgewekte geroezemoes om hen heen viel weg. In hun misschien maar tien tellen durende sprakeloosheid leken ze gefixeerd in de stilstaande tijd. Hij zag de ondanks de lichtbruine make-up blauwgetinte wallen van vermoeidheid onder Sacha's ogen. Zijn hart bonsde alsof het zijn keel wilde uitkomen en hij begon zich iets te herinneren. Een ochtend in een kamer. De klok van de kathedraal op de Handschoenmarkt sloeg negen uur. Sacha lag op bed, haar lichaam overgegeven aan de slaap. Op een dij glinsterde een sliertje van zijn zaad. Zo stil als hij kon kleedde hij zich aan. Het gedruis van de opening zwol weer aan en het herinnerde beeld trok zich terug, maar verliet hem niet.

'Maman, il faut m'excuser,' zei Bruno. 'Ik heb nog een afspraak.' Hij keek op zijn horloge als om zijn woorden kracht bij te zetten.

'Ja,' zei Sacha. 'Ga maar.'

Moeder en zoon kusten elkaar, Richard kreeg een hand.

'Het was een plezier om met u kennis gemaakt te hebben,' zei Bruno opgelucht. 'Succes met uw boek.'

'Dit soort bijeenkomsten is niets voor hem,' zei Sacha toen hij weg was.

'Voor wie wel?' zei Richard. Iemand klopte op zijn schouder. Het was de Nederlandse fotograaf, die een foto van hem en Tovèr wilde maken.

'Sorry,' zei Richard tegen Sacha. 'Plicht roept.'

'Natuurlijk.' Ze klonk teleurgesteld, nee, het ging verder: alsof ze niet anders verwacht had en toch moeite had zich erbij neer te leggen. 'Ik wou toch langzamerhand naar huis.'

'Nee, nee, blijf alsjeblieft. Ik wil met je praten, ik heb me iets herinnerd uit Antwerpen.' Hij sprak deze woorden half tegen zijn zin uit. Kon het oprakelen van het verleden tot iets leiden? Maar hij had wat goed te maken; voor Sacha moest het beledigend zijn geweest dat ze bij hem kennelijk geen indruk had achtergelaten. En het erotische beeld dat zijn geheugen had prijsgegeven maakte hem nieuwsgierig naar de rest van het verhaal, al was zijn nieuwsgierigheid dubieus. De blik die zijn herinnering hem zo-even had vergund op Sacha's naakte lichaam, gemerkt door de sporen van zijn lust, had een lichte begeerte bij hem wakker geroepen, ver weg, op de achtergrond, makkelijk te blussen als het niet gelegen kwam, maar toch... Hij keek naar haar gezicht, haar ogen waaruit de teleurstelling was verdwenen en plaats had gemaakt voor verwachting, het jonge meisje dat zij was geweest had haar nog niet verlaten.

'Goed,' zei ze. 'Ik wacht op je.'

Hij liep achter de fotograaf aan naar een andere ruimte waar Tovèr zich losmaakte uit een groepje mensen toen hij Richard aan zag komen.

'We moeten op de foto,' zei Richard. 'Samen.'

'Great,' zei Tovèr. Ze gingen voor een van Tovèrs schilderijen staan en keken ernstig in de lens. Tovèr sloeg een arm om Richards schouders. De fotograaf trok een ontevreden gezicht.

'Nee, dit is het niet. Vinden jullie het erg om even mee naar buiten te gaan?'

'Is het niet te donker buiten?'

De fotograaf was al op weg.

'Toen we hier woonden had niemand een camera,' zei Richard.

'Geld voor film hadden we ook niet.'

'En de enige fotograaf die we kenden maakte mode-foto's.'

Buiten regende het weer. De fotograaf posteerde hen op de stoeprand, nog net binnen het bereik van het licht dat de lampen aan de gevel van de galerie verspreidden. Achter hen kwamen aan de overzijde van de straat gehaast mensen met opgestoken paraplu's voorbij en flakkerde door een gordijn van glinsterende regendruppels heen het rode neon van een lichtreclame: Café-Tabac Le Tout Paris.

'Prachtig,' zei de fotograaf. 'Prachtig. Even zo houden. En niet zo somber kijken, heren.'

'Niet te lang,' zei Tovèr. 'We worden doornat.'

Het kon Richard niet zoveel schelen. Het liefste was hij nu met Tovèr de stad ingelopen, die op dit uur ondanks het weer zoemde van leven. Een krant kopen bij een kiosk op de Champs-Elysées, in een zijstraat een café in en verder maar zien wat ervan kwam. Misschien keerde er iets terug van het gevoel van vroeger, hun vanzelfsprekende vriendschap, het idee dat hun lot met elkaar verbonden was en dat de wereld voor hen open lag.

'Weet je nog hoe we eindeloos door Parijs liepen?'

Tovèr liet een vermoeide zucht horen en knikte. 'Dat hoeft gelukkig niet meer.'

Richard schrok van het antwoord.

'Verlang je soms niet terug naar die tijd?'

'Niet vaak. Jij wel?'

'Ja. Het blijft aan me zuigen.'

'Mijn leven begon pas daarna.'

Hoewel hij er zich tegen verzette (word toch volwassen), maakte een gevoel van diepe teleurstelling zich van Richard meester. Het sentiment, waarvan hij dacht dat het nog een van de weinige dingen was die hij altijd met Tovèr zou delen, bleek alleen in zijn eigen hoofd te bestaan. Nu pas besefte hij hoe groot de afstand was geworden die hem van Tovèr scheidde. Dat besef kwam als een schok waartegen hij zichzelf moest beschermen. In gedachte nam hij afscheid van zijn vriendschap met Tovèr, die nu op weinig meer berustte. Misschien had die vriendschap al die tijd al op een laag pitje gestaan.

'Enough,' zei Tovèr tegen de fotograaf, die nog wel even door had willen gaan. Ze haastten zich de galerie weer in waar Brigitte hen tegemoet kwam.

'Ah, daar ben je, ik kon je nergens vinden,' zei ze tegen Tovèr. 'Ik wil je aan een belangrijke klant voorstellen. Richard, vergeet niet dat wij straks dineren in La Coupole met een klein gezelschap. Je hebt toch geen andere plannen, hoop ik? Ik wil alles van je weten over de Nederlandse literatuur. En andere dingen.'

Bij die laatste woorden keek ze broeierig.

'Kan ik iemand meenemen?'

'Als het maar geen vrouw is.'

Richard kreeg geen kans om te antwoorden, want Brigitte was alweer verdwenen – wat hem ontsloeg van de plicht om met een bevroren glimlach op zijn gezicht weer tal van hoffelijke tournures te maken, een spel dat tot consequentie zou kunnen hebben dat hij uit louter beleefdheid aan het einde van de avond met de galeriehoudster in bed belandde.

Even stond hij alleen bij de ingang van de galerie en aarzelde zich opnieuw te storten in de nog niet afgenomen steeds luidruchtiger geworden menigte van genodigden. Hoeveel openingen, boekpresentaties, film- en toneelpremières had hij al niet bijgewoond? Nog nooit had hij er zich thuisgevoeld, maar ze hoorden bij de aankleding van het leven dat hij eens gekozen had – of waar hij zonder veel eigen toedoen ingerold was. Dat leven schiep zijn eigen verplichtingen, hoewel hij betwijfelde of iemand zich erom zou bekreunen als hij het gezelschap waar ter wereld het zich ook vormde de rug toekeerde om nooit meer iets van zich te laten horen. Een van die verplichtingen was Sacha, plotseling opgedoken in zijn bestaan, een vriendinnetje van vroeger waar hij niets meer van wist. En had ze hem, nog geen drie dagen geleden, niet aangesproken, had hij ook in zalige onwetendheid verder geleefd. Hoewel, nee. De kans was natuurlijk groot dat ze hem bij deze opening herinnerd had aan een periode uit zijn leven, die niet tot de gelukkigste behoorde. En zo-even nog had hij haar gevraagd te blijven, dus hij kon nu niet weglopen. Zoiets deed je niet, zeker niet meer op zijn leeftijd.

Hij verbaasde zich over het kinderachtige peil van zijn overwegingen. Waar was hij bang voor? Wat ontvluchtte hij? Wat zocht hij nog altijd? Het idee dat hij in het schrijven een plek had gevonden die tegen alle stormen bestand was bleek op momenten als deze een illusie te zijn. Eerder was hij, om overeind te blijven, met alle winden meegewaaid, terwijl hij ze had moeten trotseren. In plaats van Parijs te verlaten had hij er moeten blijven, zoals Tovèr had gedaan die daardoor het recht op zijn zelfverzekerdheid had veroverd, of die kunst nou goed of slecht was. Richard had zijn kans gemist en beklom sindsdien een smalle trap zonder leuningen. Maar misschien was zijn situatie helemaal niet uitzonderlijk en ging iedereen zo door het leven heen. Dat maakte de zaak er niet beter op.

Uit het niets opgedoken hield de bleke Irena hem een presenteerblad met glazen champagne voor. Hij nam een glas en kwam boven uit de golf van verlorenheid die hem overspoelde. 'This vernissage is a very serious affair,' zei Christopher Burns, die Irena en de champagne als een hondje volgde. Richard bedwong de neiging om hem pootje te haken. Hij haalde diep adem en ging op zoek naar Sacha, die zich ergens in de menigte bevond en op hem wachtte. De warmte van een vrouw, die had hij nu nodig. Hij moest het simpel houden, doelgericht, zich niet in de war laten brengen door allerlei onzekere overwegingen. Hij achterhaalde Irena en griste nog een glas champagne van haar presenteerblad, vastbesloten de rest van de avond in ontspannen vrolijkheid door te brengen.

Richard vond Sacha in de laatste zaal, waar ze stond te praten met twee slanke jongemannen die hij herkende als beroemde Nederlandse modekoningen. Hij stelde zich op een afstand van het groepje op. Na een tijdje van geduldig wachten zag ze hem en kwam ze naar hem toe.

'Wel,' zei ze. 'Wat heb je je herinnerd?'

'De Handschoenmarkt in Antwerpen.'

'Daar had ik een kamer.'

'Je lag op bed te slapen. Het was ochtend en ik kleedde me aan. Buiten mistte het. Van die dunne watermist.'

'Je liet een briefje achter.'

'Met lieve woorden?'

'Niet speciaal. "Vanavond 10 uur Locarno" stond erop. En je naam, een beetje bibberig.'

'Ik neem aan dat ik een kater had.'

'Vast wel.'

Hij herinnerde zich de brasserie aan De Keyserlei. 's Avonds laat na de voorstelling kwamen in de achterruimte van de Locarno de acteurs bijeen om te drinken en te souperen. Als de acteurs een première achter de rug hadden namen ze bloemen mee die door de obers in vazen werden gezet. Hij ging er vaak naar toe met zijn vriend Philippe die verliefd was op een van de actrices. Ze maakten het laat, want zolang zij er zaten bleef de zaak open.

'Je was actrice! Nu weet ik het weer.'

Maar Sacha schudde haar hoofd.

'Zover ben ik nooit gekomen. Ik zat op de Toneelacademie, maar ik had geen talent.'

Ze zweeg en keek ongelukkig.

'Ach, het heeft geen zin,' zei ze. 'Je herinnert je er niets meer van. Ik had je nooit moeten aanspreken, toen niet in Antwerpen en nu niet in Parijs. Het was een vergissing.'

Richard had het gevoel dat het haar ernst was, maar de kans dat ze een koket spelletje met hem speelde was ook niet denkbeeldig.

'De potage Saint-Germain in de Locarno was erg lekker,' zei hij in een poging de conversatie luchtig te houden. 'Om van de tartare préparé maar niet te spreken.'

Sacha glimlachte niet.

'Je kwam niet opdagen,' zei ze.

'Het spijt me.'

'Sindsdien heb ik je nooit meer gezien. Tot nu in Parijs.'

'Het was niet de beste periode in mijn leven. Je kunt wel zeggen dat ik altijd dronken was.'

'Dat drong niet tot me door. Ik was verliefd op je en verschrikkelijk naïef en erg jong. Jij was het grote leven voor me.'

'En ik liet je in de steek. Ik heb me kennelijk als een schoft gedragen,' zei hij, bereid om diep in het stof te buigen, als hij daarmee kon voorkomen dat het verleden al te dichtbij kwam.

Zo makkelijk kwam hij er niet af.

'Je kwam bij mij langs, soms midden in de nacht. Je nam altijd iets mee: bloemen, een doos bonbons, flessen wijn. Je zei dat je gek op me was. Ik dacht voortdurend aan je, ik leefde in een droom.'

Richard zuchtte.

'Verveel ik je?'

'Nee. Het is pijnlijk. Ik weet niet wat ik zeggen moet.'

'Moet ik medelijden met je hebben?'

'Natuurlijk niet. Luister, ik ben gevraagd om straks in La Coupole te eten. Ga je mee?'

'Nee. Ga jij maar. Ik wil je niet van je vrienden afhouden.'

De verleiding was groot maar er kon geen sprake van zijn dat Richard eraan toegaf. Sacha's verhaal was nog niet uit en hij mocht er zich niet aan onttrekken. Eén schoffering was genoeg. Wat hij nog te horen kreeg aan wandaden begaan aan een onschuldig meisje zou hij moedig moeten doorstaan. Wie weet wat er zou gebeuren als ze eenmaal haar hart had gelucht. In de onnozelheid die onmiskenbaar een deel van zijn wezen uitmaakte had het idee dat hij de nacht met haar zou kunnen doorbrengen, opgewekt door het herinnerde beeld van zijn zaad op haar dij, hem nog niet verlaten.

Hij keek rond. Het gedruis van de menigte had een hoogtepunt bereikt. De Hollandse kolonie, geboren uitvreters, weerde zich danig. In een hoek van de ruimte ging Tovèr opnieuw op de foto, nu in tedere omhelzing met Janis – een mooi plaatje. Hij zag het rode haar van Brigitte uitsteken boven een kring van jonge schilders die naar haar gunsten dongen. Christopher Burns wankelde voorbij, ondersteund door Alain en Irena. Niet onmogelijk dat Richard vroeger vaak hetzelfde spektakel had geboden.

'Aan de overkant is een café,' zei hij. 'Laten we daar naar toegaan. Het is hier te druk.'

Toen Sacha van Munster na een week nog niets van Richard Sanders had gehoord ging ze naar hem op zoek. Bijna al die tijd was ze op haar kamer gebleven, bang om niet thuis te zijn als hij onverwacht aan zou bellen, zoals hij gewoon was, overdag of midden in de nacht. Uren stond ze voor het raam in de hoop dat hij plotseling op zou doemen en ze zijn lachende gezicht zou zien als hij naar boven keek en haar zag staan. Dan zou ze, nog voor hij aan kon bellen, de deur opendoen en het gelukkig makende geluid van zijn voetstappen op de trap horen. Hij zou alles willen uitleggen, maar dat hoefde niet – als hij er maar was. Soms moest ze even de deur uit om een boodschap te doen. De levensmiddelenwinkel was aan de overkant van haar huis. Terwijl ze haar bestellingen plaatste verloor ze haar voordeur niet uit het oog. Ten slotte was ze tot het inzicht gekomen dat deze eenzame opsluiting tot niets diende. En waarom zou hij haar willen zien? Waarom zou hij haar gevoel delen? Ze was niet meer dan een vriendinnetje, zo gewonnen zo geronnen. Ze verwachtte te veel. Hij was misschien zeven of acht keer, nee zeven, ze wist het precies, bij haar geweest. Het leek haar hele leven, ze moest streng voor zichzelf zijn en de werkelijkheid accepteren. De werkelijkheid was dat ze niet eens wist waar hij woonde. Ergens in de buurt van de Mechelsesteenweg, maar ik wil niet naar huis, had hij gezegd, toen ze hem die keer vroeg in de ochtend in de Leopoldstraat bij de Botanische tuin letterlijk had opgeraapt van het trottoir. Iemand liep voor haar met onzekere pas en plotseling hadden zijn benen het begeven.

'Je ontfermde je over een onbekende dronkelap,' stelde Richard vast.

Terwijl Sacha aan een tafeltje achter in Le Tout Paris haar verhaal vertelde, gaf hij toe aan de gedachte dat ze over een man sprak die hij niet kende en die hij eigenlijk ook niet wenste te kennen, een louter op zichzelf gericht, alcoholisch sujet, slappe misbruiker van jonge vrouwen. Met deze figuur had hij niets uit te staan, diens huid had hij allang afgeworpen. Hij legde zijn hand op Sacha's hand, alleen om haar warmte te voelen en haar bereidwilligheid te testen, en trok een schuldig gezicht. Iets van zijn streken was hij nog niet kwijt. Ze keek hem onderzoekend aan en trok haar hand terug.

'Ik herkende je, anders had ik je waarschijnlijk laten liggen.' Ze haalde haar schouders op. 'Misschien ook niet, ik was erg idealistisch.'

'Je herkende me?'

Een keer in Nederland, ze zat nog op de middelbare school, was ze met een vriendin naar een literaire avond gegaan, waar Richard zijn gedichten las. Na afloop hadden ze zijn bundel gekocht, maar ze durfden niet naar hem toe te gaan om die te laten signeren. Ze waren allebei op de dweperige manier van jonge meisjes verliefd op hem geworden. Sacha knipte zijn foto uit de krant en hing die boven haar bed, naast die van Hans Lodeizen, die al jaren dood was, en die van Gérard Philipe die spoedig zou sterven. Met haar vriendin fantaseerde ze over hem, de prins op het witte paard die hen mee zou slepen, onbekende avonturen tegemoet. Op school spraken ze in een code over hem, die ontleend was aan regels uit zijn poëzie. Dat duurde een halfjaar. Sacha's vriendin werd verliefd op een jongen die, hoewel hij in een hogere klas zat, bereikbaarder was. Omdat ze nu niemand meer had om die mee te delen, was er ook in Sacha's romantische bevlieging de sleet gekomen. Ze was nog een keer naar een poëzieavond geweest waar Richard op zou treden, maar hij kwam niet opdagen. De organisatie van de avond zei dat hij door ziekte was verhinderd.

In Antwerpen had ze nog een tijdje naar hem lopen zoeken. Ze dwaalde door de straten rond de Mechelsesteenweg maar kwam hem nergens tegen. 's Avonds ging ze naar de Locarno. Ook daar was hij niet. Ze trof zijn naam niet aan in het telefoonboek van Antwerpen. Ze bezocht andere cafés in de stad die bekendstonden als artiestencafés. Ze voelde zich zwak en verloren en wanhopig. Soms bleef ze hangen in een café en dronk te veel. Mannen spraken haar aan.

'Ik was waarschijnlijk al naar Nederland terug,' zei Richard. 'Ik ben nogal halsoverkop weggegaan uit Antwerpen.'

In een van die cafés ontmoette ze Jacques Lefort, een Franse cameraman die aan een Belgische filmproductie meewerkte en die haar nadat ze twee keer met elkaar hadden geslapen vroeg met hem naar Parijs te gaan. Dat deed ze. Het had geen zin nog langer in Antwerpen te blijven, alles schrijnde daar en vroeg om een brute breuk, wilde ze niet blijven steken in een onhandelbaar verdriet. Ze moest bewegen, niet stilzitten. Ze had een toekomst nodig.

'En in Parijs vergat je me al snel,' zei Richard, opgelucht dat zijn treurige rol in het verhaal was uitgespeeld.

Ze keek van hem weg en beet op haar onderlip.

'Ik ben altijd aan je blijven denken. Dat was onvermijdelijk.'

Ze was altijd aan hem blijven denken? Richard begreep het niet. Hadden die paar keer dat hij met haar was geweest zulke diepe sporen bij haar achtergelaten, terwijl hij er met een lek in zijn geheugen was afgekomen? Het idee beangstigde hem. Onvermijdelijk? Dit was geen liefde, maar een obsessie. Hij rook gevaar, obsessies kon hij niet meer gebruiken in zijn leven. Zijn vage voornemens om, als de avond voorbij was een poging te wagen om met Sacha het bed te delen, die vastere vorm hadden gekregen terwijl ze haar verhaal vertelde en Richard naar haar hese stem luisterde en probeerde te raden hoe onder haar blouse haar borsten eruit zouden zien, gingen er spoorslags vandoor.

Hij moest zo snel mogelijk het gesprek verplaatsen naar een wat hem betreft neutraal terrein, ver van zijn bed als het ware en buiten bereik van haar ontboezemingen over 'altijd aan je blijven denken' en 'onvermijdelijk', die tot niets konden leiden.

'Je man... Jacques... was die niet bij de opening?' vroeg hij.

'We zijn al heel lang gescheiden.'

'Toen ik jullie daarstraks zag staan dacht ik even dat Bruno je man was.'

Sacha keek hem aan met een schattende blik en legde toen op háár beurt haar hand op de zijne.

'Bruno is je zoon,' zei ze, en Richard wist meteen dat het waar was, dat niemand zoiets zou kunnen bedenken, behalve het taaie, zijn kans afwachtende, niet door hem beheerste lot.